愛經典

閱讀經典，成為更好的自己。

歐也妮葛朗臺

巴爾札克 著　傅雷 譯

緣起

愛經典

卡爾維諾說：「『經典』即是具影響力的作品，在我們的想像中留下痕跡，並藏在潛意識中。正因『經典』有這種影響力，我們更要撥時間閱讀，接受『經典』為我們帶來的改變。」因為經典作品具有這樣無窮的魅力，時報出版公司特別引進大星文化公司的「作家榜經典文庫」，期能為臺灣的經典閱讀提供另一選擇。

作家榜經典文庫從二〇一七年起至今，已出版超過一百本，迅速累積良好口碑，不斷榮登各大暢銷榜，總銷量突破一千萬冊。本書系的作者都經過時代淬鍊，其作品雋永，意義深遠；所選擇的譯者，多為優秀的詩人、作家，因此譯文流暢，讀來如同原創作品般通順，沒有隔閡；而且時報在臺推出時，每部作品皆以精裝裝幀，質感更佳，是讀者想要閱讀與收藏經典時的首選。

現在開始讀經典，成為更好的自己。

目錄

給：瑪麗亞[1]

你的畫像是這本著作最美麗的裝飾。願你的名字在這裡像一個被賜過福的黃楊枝子，為了庇佑家室，不知道從哪棵樹上採來，經過宗教的聖化並被虔誠的手所更新，因而永葆常青。

德．巴爾札克

1 據考證，瑪麗亞即歐也妮．葛朗臺的原型，生於一八〇九年，姓達米努瓦。一八二九年嫁給迪．夫勒雷伊，一八三三年成為巴爾札克的情婦，次年為他生下一個女兒，巴爾札克在遺囑中曾提到瑪麗亞。本頁獻詞為翻譯家李健吾先生譯。

典型的守財奴葛朗臺，「講起理財的本領……是頭老虎，是條巨蟒：他會躺在那裡、蹲在那裡，把俘虜打量個半天再撲上去，張開血盆大口的錢袋，倒進大堆的金銀……」他象徵近代人的上帝，法力無邊而鐵面無情的財神。為掙大錢，他盤剝外人；為省小錢，他刻薄家人。臨死最後一句話，是叫女兒看守財產，將來到另一個世界上去向他交帳。然而他一生積蓄的二千萬家私，並無補於女兒的命運。黃金的枷鎖與不幸的愛情，反而促成了歐也妮．葛朗臺雙重的悲劇。在巴爾札克小說中，這是一部結構最古典的作品。文章簡潔精煉，淡雅自然，可算為最樸素的史詩。[1]

1 這則內容介紹，是傅雷一九五一年為平明出版社版《歐也妮．葛朗臺》一書所寫。

資產者的面目

某些外省城市裡面，有些屋子看起來像最陰沉的修道院、最荒涼的曠野、最淒涼的廢墟，令人悒鬱不歡。修道院的靜寂、曠野的單調，和廢墟的衰敗零落，也許這類屋子都有一點。裡面的生活起居是那麼幽靜，要不是街上一有陌生的腳步聲，窗口會突然探出一個臉孔像僧侶般的人，一動不動，黯淡而冰冷的目光把生客瞪上一眼的話，外鄉客人可能把那些屋子當作沒有人住的空屋。

索漠城裡有一所住宅，外表就有這些淒涼的成分。一條起伏不平的街，直達城市高處的古堡，那所屋子便在街的盡頭。現在已經不大有人來往的那條街，夏天熱，冬天冷，有些地方暗得很，可是頗有些特點：小石子鋪成的路面，傳出清脆的回聲，永遠清潔，乾燥，街面窄而多曲折，兩旁的屋子非常幽靜，坐落在城腳下，屬於老城的部分。

上了三百年的屋子，雖是木造的，還很堅固，各種不同的格式別有風光，使索漠城的這一個區域特別引起考古家與藝術家的注意。你走過這些屋子，不能不欣賞那些粗大的梁木，兩頭雕出古怪的形象，蓋在大多數的底層上面，成為一條黝黑的浮雕。

有些地方，屋子的橫木蓋著石板，在不大結實的牆上勾勒出藍色的圖案，木料支架的屋頂，年深月久，往下彎了；日曬雨淋，椽子已經腐爛，翹曲。有些地方，露出破舊黝黑的窗檻，細巧的雕刻已經看不大清，窮苦的女工放上一盆石竹或薔薇，窗檻似乎就承受不住那棕色的瓦盆。

再往前走，有的門上釘著粗大的釘子，我們的祖先異想天開的，刻上些奇形怪狀的文字，意義是永遠沒法知道的了：或者是一個新教徒在此表明自己的信仰，或者是一個舊教徒為反對新教而詛咒亨利四世。也有一班布爾喬亞刻些徽號，表示他們是舊鄉紳，掌握過當地的行政。這一切中間就有整部法蘭西歷史的影子。一邊是牆壁粉得很粗糙的、搖搖欲墜的屋子，還是工匠賣弄手藝的遺物；貼鄰便是一座鄉紳的住宅，半圓形門框上的貴族徽號，受過了一七八九年以來歷次革命的摧殘，還看得出遺跡。

這條街上，做買賣的底層既不是小鋪子，也不是大商店，喜歡中世紀文物的人，在此可以遇到一派樸素簡陋的氣象，完全像我們上代裡的習藝工廠[1]。寬大低矮的店堂，沒有鋪面，沒有擺在廊下的貨攤，沒有櫥窗，可是很深，黑洞洞的，裡裡外外沒有一點裝潢。滿板的大門分作上下兩截，簡陋的釘了鐵皮；上半截往裡打開，下半截裝有帶彈簧的門鈴，老是有人開進開出。門旁半人高的牆上，一排厚實的護窗板，白天卸落，夜晚裝上，外加鐵門好落鎖。

這間地窖式的潮溼的屋子，就靠大門的上半截，或者窗洞與屋頂之間的空間，透進一些空氣與陽光。半人高的牆壁下面，是陳列商品的位置。招徠顧客的玩意，這裡是絕對沒有的。貨色的種類要看鋪子的性質：或者擺著兩三桶鹽和鰵魚，或者是幾捆帆布與繩索，樓板的椽木上掛著黃銅索，靠牆放一排桶箍，再不然架上放些布匹。

你進門吧，一個年輕漂亮的姑娘，乾乾淨淨的，戴著白圍巾，手臂通紅，立刻放下編織物，叫喚她的父親或母親來招呼你，也許是兩個銅子也許是兩萬法郎的買賣，對你或者冷淡，或者殷勤，或者傲慢，那得看店主的性格了。

你也可看到一個賣酒桶木材的商人，兩隻大拇指繞來繞去的，坐在門口跟鄰居談天。表面上他只有些基本的酒瓶架或兩三捆薄板；但是安茹地區所有的箍桶匠，都是向他碼頭上存貨充足的工廠購料的。他知道如果葡萄的收成好，他能賣掉多少桶板，估計的準確到最多是一兩塊板上下。一天的好太陽教他發財，一場雨水教他虧本：酒桶的市

1 當初教會設立來救濟貧苦婦女的。

價，一個上午可以從十一法郎跌到六法郎。

這個地方像都蘭區域一樣，市面是由天氣作主的。種葡萄的、有田產的、木材商、箍桶匠、旅店主人、船夫，都眼巴巴的盼望太陽；晚上睡覺，就怕明早起來聽說前晚結了冰；他們怕風、怕雨、怕旱，一會兒要雨水，一會兒要天時轉暖，一會兒又要滿天上雲。在天公與塵世的利益之間，爭執是沒得完的。晴雨錶能夠輪流的教人愁，教人笑，教人高興。

這條街從前是索漠城的大街，從這一頭到那一頭，「黃金一般的好天氣」這句話，對每戶人家都代表一個收入的數目。而且個個人會對鄰居說：「是啊，天上落金子下來了。」因為他們知道一道陽光和一場時雨帶來多少利益。在天氣美好的節季，到了星期六中午，就沒法買到一個銅子的東西。

做生意的人也有一個葡萄園，一方小園地，全要下鄉去忙他兩天。買進、賣出、賺頭，一切都是預先計算好的，生意人盡可以花大半日的工夫打哈哈，說長道短，刺探旁人的私事。某家的主婦買了一隻竹雞，鄰居就要問她的丈夫是否煮得恰到好處。一個年輕的姑娘從窗口探出頭來，絕沒有辦法不讓所有的閒人瞧見。因此大家的良心是露天的，那些無從窺測的，又暗又靜的屋子，並藏不了什麼祕密。

一班人差不多老在露天過活：每對夫婦坐在大門口，在那裡吃中飯，吃晚飯，吵架拌嘴。街上的行人，沒有一個不經過他們的研究。所以從前一個外鄉人到外省，免不了到處給人家取笑。許多有趣的故事便是這樣來的，昂熱人的愛尋開心也是這樣出名的，因為編這一類的市井笑料是他們的拿手。

早先本地的鄉紳全住在這條街上，街的高頭都是古城裡的老宅子，世道人心都還樸實的時代——這種古風現在是一天天的消滅了——的遺物。我們這個故事中的那所淒涼的屋子，就是其中之一。

古色古香的街上，連偶然遇到的小事都足以喚起你的回憶，全部的氣息使你不由自主的沉入遐想。拐彎抹角的走過去，你可以看到一處黑魆魆的凹進去的地方，葛朗臺府上的大門便藏在這凹坑中間。

在外省把一個人的家稱作府上是有分量的。不知道葛朗臺先生的身世，就沒法掂出這稱呼的分量。

葛朗臺先生在索漠城的名望，自有它的前因後果，那是從沒在外省耽留過的人不能完全瞭解的。葛朗臺先生，有些人還稱他做葛朗臺老頭，可是這樣稱呼他的老人越來越少了，他在一七八九年時是一個很富裕的箍桶匠，識得字，能寫能算。共和政府在索漠地區標賣教會產業的時候，他正好四十歲，才娶了一個有錢的木板商的女兒。他拿自己的現款和女人的陪嫁，湊成兩千金路易，跑到縣政府。標賣監督官是一個強凶霸道的共和黨人，葛朗臺把丈人給的四百路易[2]往他那裡一送，就三錢不值兩錢的，即使不能算正當，至少是合法的買到了縣裡最好的葡萄園、一座老修道院，和幾塊分種田。

索漠的市民很少革命氣息，在他們眼裡，葛朗臺老頭是一個激烈的傢伙、前進分子、共和黨人、關切新潮流的人物。其實箍桶匠只關切葡萄園。上面派他當索漠縣的行政委員，於是地方上的政治與商業都受到他溫和的影響。

在政治方面，他包庇從前的貴族，想盡方法使流亡鄉紳的產業不致被公家標賣；商業方面，他向革命軍隊承包了一兩千桶白酒，代價是把某個女修道院上好的草原，本來留作最後一批標賣的產業，弄到了手。

拿破崙當執政的時代，好傢伙葛朗臺做了市長，把地方上的公事應付得很好，可是他葡萄的收穫更好；拿破崙稱帝的時候，他變了光棍的葛朗臺先生。拿破崙不喜歡共和黨人，另外派了一個鄉紳兼大地主、一個後來晉封為男爵的人來代替葛朗臺，因為他有紅帽子嫌疑。

葛朗臺丟掉市長的榮銜，毫不惋惜。在他任內，為了本城的利益，已經造好幾條出色的公路直達他的產業。他的房產與地產登記的時候，占了不少便宜，只完很輕的稅。自從他各處的莊園登記之後，靠他不斷的經營，他的葡萄園變成地方上的頂兒尖兒，這個專門的形容詞是說這種園裡的葡萄能夠釀成極品的好酒。總而言之，他簡直有資格得榮譽團的勳章。

免職的事發生在一八〇六年。那時葛朗臺五十七歲，他的女人三十六，他們的獨生女才十歲。

大概是老天看見他丟了官，想安慰他一下吧，這一年，葛朗臺接連得了三筆遺產，先是他丈母特·拉·古地尼埃太太的，接著是太太的外公特·拉·裴德里埃先生的，最後是葛朗臺自己的外婆，香蒂埃太太的：這些遺產數目之大，沒有一個人知道。三個老人愛錢如命，一生一世都在積聚金錢，以便私下裡摩挲把玩。特·拉·裴德里埃老先生把放債叫做揮霍，覺得對黃金看上幾眼比放高利貸還實惠。所以他們積蓄的多少，索漠人只能以看得見的收入估計。

於是葛朗臺先生得了新的貴族頭銜，那是儘管我們愛講平等也消滅不了的，他成為

2 一路易約值二十法郎。

一縣裡「納稅最多」的人物。他的葡萄園有一百阿爾邦[3]，收成好的年分可以出產七、八百桶酒，他還有十三處分種田，一座老修道院，修院的窗子、門洞、彩色玻璃，一齊給他從外面堵死了，既可不付捐稅，又可保存那些東西。此外還有一百二十七阿爾邦的草原，上面的三千株白楊是一七九三年種下的。他住的屋子也是自己的產業。

這是他看得見的家私。至於他現金的數目，只有兩個人知道一個大概。一個是公證人克羅旭，替葛朗臺放債的；另外一個是臺．格拉桑，索漠城中最有錢的銀行家，葛朗臺認為合適的時候跟他暗中合作一下，分些好處。在外省要得人信任，要掙家業，行事非機密不可；老克羅旭與臺．格拉桑雖然機密到家，仍免不了當眾對葛朗臺必恭必敬，使旁觀的人看出前任市長的資力何等雄厚。

索漠城裡個個人相信葛朗臺家裡有一個私庫，一個堆滿金路易的密窟，說他半夜裡盯著累累的黃金，快樂得無可形容。一班吝嗇鬼認為這事千真萬確，因為看見那好傢伙連眼睛都是黃澄澄的，染上了金子的光彩。一個靠資金賺慣大利錢的人，像色鬼、賭徒，或幫閒的清客一樣，眼風自有那種說不出的神氣，一派躲躲閃閃的、饞癆的神祕模樣，決計瞞不過他的同道。凡是對什麼東西著了迷的人，這些暗號無異幫口裡的切口。

葛朗臺先生從來不欠人家什麼。又是老箍桶匠，又是種葡萄的老手，什麼時候需要為自己的收成準備一千個桶、什麼時候只要五百個桶，他計算得像天文學家一樣準確。投機事業從沒失敗過一次，酒桶的市價比酒還貴的時候，他老是有酒桶出賣，他能夠把酒藏起來，等每桶漲到兩百法郎才拋出去，一班小地主卻早已在一百法郎的時候脫手了。這樣一個人物當然博得大家的敬重。那有名的一八一一年的收成，他乖乖的囤在家裡，一點一滴的慢慢賣出去，賺了二十四萬多法郎。

講起理財的本領，葛朗臺先生是頭老虎、是條巨蟒：他會躺在那裡、蹲在那裡，把俘虜打量個半天再撲上去，張開血盆大口的錢袋，倒進大堆的金銀，然後安安寧寧的去睡覺，好像一條蛇吃飽了東西，不動聲色，冷靜非凡，什麼事情都按部就班的。

他走過的時候，沒有一個人看見了不覺得又欽佩、又敬重、又害怕。索漠城中，不是個個人都給他鋼鐵般的利爪乾淨俐落的抓過一下的嗎？某人為了買田，從克羅旭那裡弄到一筆借款，利率要一分一，某人拿期票向臺·格拉桑貼現，給先扣了一大筆利息。市場上，或是夜晚的閒談之間，不提到葛朗臺先生大名的日子很少。有些人認為，這個

3 法國舊土地面積單位，各地不等，每個阿爾邦約等於三十至五十公畝，視地域而定。每畝等於一百平方公尺。

種葡萄老頭的財富簡直是地方上的一寶，值得誇耀。不少做生意的、開旅店的，得意揚揚的對外客說：

「嘿，先生，上百萬的咱們有兩三家，可是葛朗臺先生哪，連他自己也不知道究竟有多少家私！」

一八一六年的時候，索漠城裡最會計算的人，估計那好傢伙的地產大概值到四百萬，但在一七九三到一八一七之間，平均每年的收入該有十萬法郎，由此推算，他所有的現金大約和不動產的價值差不多。因此，打完了一場牌，或是談了一會兒葡萄的情形，提到葛朗臺的時候，一班自作聰明的人就說：「葛朗臺老頭嗎？……總該有五六百萬吧。」要是克羅旭或臺·格拉桑聽到了，就會說：

「你好厲害，我倒從來不知道他的總數呢！」

遇到什麼巴黎客人提到羅斯柴爾德或拉法耶特那班大銀行家，索漠人就要問，他們是不是跟葛朗臺先生一樣有錢。如果巴黎人付之一笑，回答說是的，他們便把腦袋一側，互相瞪著眼，滿臉不相信的神氣。

偌大一筆財產把這個富翁的行為都鍍了金。假使他的生活起居本來有什麼可笑，給人家當話柄的地方，那些話柄也早已消滅得無形無蹤了。葛朗臺的一舉一動都像是欽定的，到處行得通。他的說話、衣著、姿勢、瞪眼睛，都是地方上的金科玉律。大家把他仔細研究，像自然科學家要把動物的本能研究出牠的作用似的，終於發現他最瑣屑的動作，也有深邃而不可言傳的智慧。譬如，人家說：

「今年冬天一定很冷，葛朗臺老頭已經戴起皮手套了：咱們該收割葡萄了吧。」

或者說：

「葛朗臺老頭買了許多桶板，今年的酒一定不少的。」

葛朗臺先生從來不買肉，不買麵包。每個星期，那些佃戶給他送來一份足夠的食物：閹雞、母雞、雞蛋、牛油、麥子，都是抵租的。他有一所磨坊租給人家，磨坊司務除了繳付租金以外，還得親自來拿麥子去磨，再把麵粉跟麩皮送回來。他的獨一無二的老媽子，叫做長腳拿儂的，雖然上了年紀，還是每星期六替他做麵包。房客之中有種菜的，葛朗臺便派定他們供應菜蔬。至於水果，收穫之多，可以大部分出售。燒火爐用的木材，是把田地四周的籬垣，或爛了一半的老樹，砍下來，由佃戶鋸成一段一段的，用小車裝進城，他們還有心巴結，替他送進柴房，討得幾聲謝。

他的開支，據人家知道的，只有教堂裡座椅的租費、聖餐費，太太和女兒的衣著，家裡的燈燭，拿儂的工錢，鍋子的鍍錫，國家的賦稅，莊園的修理，和種植的費用。他新近買了六百阿爾邦的一座樹林，託一個近鄰照顧，答應給一些津貼。自從他置了這個產業之後，他才吃野味。

這傢伙動作非常簡單，說話不多，發表意見總是用柔和的聲音、簡短的句子，搬弄一些老生常談。從他出頭露面的大革命時代起，逢到要長篇大論說一番，或者跟人家討論什麼，他便馬上結結巴巴的，弄得對方頭昏腦脹。這種口齒不清、理路不明、前言不對後語，以及廢話連篇把他的思想弄糊塗了的情形，人家當作是他缺少教育，其實完全是假裝的。等會兒故事中有些情節，就足以解釋明白。而且逢到要應付，要解決什麼生活上或買賣上的難題，他就搬出四句口訣，像代數公式一樣準確，叫做：「我不知道，我不能夠，我不願意，慢慢看吧。」

他從來不說一聲是或不是，也從來不把黑筆落在白紙上。人家跟他說話，他冷冷的聽著，右手托著下巴，手肘靠在左手背上。無論什麼事，他一旦拿定了主意，就永遠不變。一點點小生意，他也得盤算半天。經過一番鉤心鬥角的談話之後，對方自以為心中的祕密保守得密不透風，其實早已吐出了真話。他卻回答道：

「我沒有跟太太商量過，什麼都不能決定。」

給他壓得像奴隸般的太太，卻是他生意上最方便的擋箭牌。他從來不到別人家裡去，不吃人家，也不請人家。他沒有一點聲響，似乎什麼都要節省，連動作在內。因為沒有一刻不尊重旁人的主權，他絕對不動人家的東西。

可是，儘管他聲音柔和、態度持重，仍不免露出箍桶匠的談吐與習慣，尤其在家裡，不像在旁的地方那麼顧忌。

至於體格，他身高五呎，臃腫，橫闊，腿肚子的圓周有一呎，多節的膝蓋骨，寬大的肩膀；臉是圓的，烏油油的，有痘瘢；下巴筆直，嘴唇沒有一點油線，牙齒雪白；冷靜的眼睛好像要吃人，是一般所謂的蛇眼；腦門上布滿皺襉，一塊塊隆起的肉頗有些奧妙；年輕人不知輕重，背後開葛朗臺先生玩笑，把他黃黃而灰白的頭髮叫做金子裡摻白銀。鼻尖肥大，頂著一顆布滿血筋的肉瘤，一班人不無理由的說，這顆瘤裡全是刁鑽促狹的玩意兒。

這副臉相顯出他那種陰險的狡猾，顯出他有計畫的誠實，顯出他的自私自利，所有的感情都集中在吝嗇的樂趣，和他唯一真正關切的獨生女兒歐也妮身上。而且姿勢、舉動、走路的架勢，他身上的一切都表示他只相信自己，這是生意上左右逢源養成的習慣。所以表面上雖然性情和易，很好對付，骨子裡他卻硬似鐵石。

他老是同樣的裝束，從一七九一年以來始終是那副模樣。笨重的鞋子，鞋帶也是皮做的，四季都穿一雙呢襪，一條栗色的粗呢短褲，用銀箍在膝蓋下面扣緊，上身穿一件方襟的閃光絲絨背心，顏色有時黃色有時古銅色，外面罩一件衣裾寬大的栗色外套，戴一條黑領帶，一頂闊邊帽子。他的手套跟警察的一樣結實，要用到一年零八個月，所以為保持乾淨起見，他有一個固定的手勢，把手套放在帽子邊緣上一定的位置。

關於這個人物，索漠人所知道的不過這一些。

城裡的居民有資格在他家出入的只有六個。前三個中頂重要的是克羅旭先生的侄子。這個年輕人，自從當了索漠初級裁判所所長之後，在本姓克羅旭之上又加了一個篷風的姓氏，並且極力想叫篷風出名。他的簽名已經變作克·特·篷風了。倘使有什麼冒失的律師仍舊稱他「克羅旭先生」，包管在出庭的時候要後悔他的糊塗。凡是稱「所長先生」的，就可博得法官的庇護。對於稱他「特·篷風先生」的馬屁鬼，他更不惜滿面春風的報以微笑。

所長先生三十三歲，有一處名叫篷風的田莊，每年有七千法郎進款。他還在那裡等兩個叔叔的遺產，一個是克羅旭公證人，一個是克羅旭神甫，屬於圖爾城聖·馬丁大寺的教士會的；據說這兩人都相當有錢。三位克羅旭，房族既多，城裡的親戚也有一二十家，儼然結成一個黨，好像從前佛羅倫斯的那些美第奇一樣，而且正如美第奇有帕齊一族跟他們對壘似的，克羅旭也有他們的敵黨。

臺．格拉桑太太有一個二十三歲的兒子，她很熱心的來陪葛朗臺太太打牌，希望她親愛的阿道夫能夠和歐也妮小姐結婚。銀行家臺．格拉桑先生，拿出全副精神從旁協助，對吝嗇的老頭子不斷的暗中幫忙，逢到攸關大局的緊要關頭，從來不落人後。這三位臺．格拉桑也有他們的幫手、房族和忠實的盟友。

在克羅旭方面，神甫是智囊，加上那個當公證人的兄弟做後援，他竭力跟銀行家太太競爭，想把葛朗臺的大筆遺產留給自己的侄兒。克羅旭和臺．格拉桑兩家暗中為爭奪歐也妮的鬥法，成為索漠城中大家小戶熱心關切的題目。葛朗臺小姐將來嫁給誰呢？所長先生呢還是阿道夫．臺．格拉桑？

對於這個問題，有的人的答案是兩個都不會到手。據他們說，老箍桶匠野心勃勃，想找一個貴族院議員做女婿，憑他歲收三十萬法郎的陪嫁，誰還計較葛朗臺過去、現在、將來的那些酒桶？另外一批人卻回答說，臺．格拉桑是世家，極有錢，阿道夫又是一個俊俏後生，這樣一門親事，一定能教出身低微，索漠城裡都眼見拿過斧頭鑿子，而且還當過革命黨的人心滿意足，除非他夾袋裡有什麼教皇的侄子之流。

可是老於世故的人提醒你說，克羅旭．特．篷風先生隨時可以在葛朗臺家進出，而他的敵手只能在星期日受招待。有的認為，臺・格拉桑太太跟葛朗臺家的女士，比克羅旭一家接近得多，久而久之，一定能說動她們，達到她的目的。有的卻認為克羅旭神甫的花言巧語是天下第一，拿女人跟出家人對抗，正好勢均力敵。所以索漠城中有一個才子說：

「他們正是旗鼓相當，各有一手。」

據地方上熟知內幕的老輩看法，像葛朗臺那麼精明的人家，絕不肯把家私落在外人手裡。索漠的葛朗臺還有一個兄弟在巴黎，非常有錢的酒商，歐也妮小姐將來是嫁給巴黎葛朗臺的兒子的。對這種意見，克羅旭和臺・格拉桑兩家的羽黨都表示異議，說：

「一則兩兄弟三十年來沒有見過兩次面，二則巴黎的葛朗臺先生對兒子的期望大得很。他自己是巴黎某區的區長，兼國會議員、禁衛軍旅長、商事裁判所推事，自稱跟拿破崙提拔的某公爵有姻親，早已不承認索漠的葛朗臺是本家。」

周圍七八十里，甚至從昂熱到布盧瓦羅亞爾的驛車裡，都在談到這個有錢的獨生女，七嘴八舌，議論紛紛，當然是應有之事。

一八一八年初，有一樁事情使克羅旭黨彰明較著的占了臺・格拉桑黨上風。法勞豐田產素來以美麗的別莊、園亭、小溪、池塘、森林出名，值到三百萬法郎。年輕的法勞豐侯爵急需現款，不得不把這所產業出賣。克羅旭公證人、克羅旭所長、克羅旭神甫，再加上他們的羽黨，居然把侯爵分段出售的意思打消了。公證人告訴他，分成小塊的標賣，勢必要跟投標落選的人打不知多少場官司，才能拿到田價，還不如整塊讓給葛朗臺先生，他既買得起，又能付現錢。公證人這番話把賣主說服了，做成一樁特別便宜的好買賣。侯爵的那塊良田美產，就這樣的給張羅著送到了葛朗臺嘴裡。他出乎索漠人意料之外，竟打了些折扣當場把田價付清。這件新聞一直傳播到南特與奧爾良。

葛朗臺先生搭著人家回鄉的小車，到別莊上視察。以主人的身分對產業瞥了一眼，回到城裡，覺得這一次的投資足足有五厘利，他又馬上得了一個好主意，預備把全部的田產併在法勞豐一起。隨後，他要把差不多出空了的金庫重新填滿，決意把他的樹木、森林，一齊砍下，再把草原上的白楊也出賣。

葛朗臺先生的府上這個稱呼，現在你們該明白它的分量了吧。那是一所灰暗、陰森、靜寂的屋子，坐落在城區上部，靠著坍毀的城腳。

門框的穹窿與兩根支柱，是像正屋一樣用的灰凝土，羅亞爾河岸特產的一種白石，質地鬆軟，用不到兩百年以上的。寒暑的酷烈，把柱頭、門洞、門頂，都磨出無數古怪的洞眼，像法國建築的那種蟲蛀的樣子，也有幾分像監獄的大門。門頂上面，有一長條硬石刻成的浮雕，代表四季的形象已經剝蝕，變黑。浮雕的礎石突出在外面，橫七豎八的長著野草、黃色的苦菊、五爪龍、旋覆花、車前草，一株小小的櫻桃樹已經長得很高了。

褐色的大門是獨幅的橡木做的，沒有油水，到處開裂，看上去很單薄，其實很堅固，因為有一排對花的釘子支持。一邊的門上有扇小門，中間開一個小方洞，裝了鐵柵，排得很密的鐵梗鏽得發紅，鐵柵上掛著一個環，上面吊一個敲門用的鐵錘，正好敲在一顆奇形怪狀的大釘子上。鐵錘是長方形的，像古時的鐘錘，又像一個肥大的驚嘆號。一個玩古董的人仔細打量之下，可以發現錘子當初是一個小丑的形狀，但是年深月久，已經磨平了。

那個小鐵柵，當初在宗教戰爭的時代，原是預備給屋內的人探望來客的。現在喜歡東張西望的人，可以從鐵柵中間望到黑魆魆的半綠不綠的環洞，環洞底上有幾級七零八落的磴級，通上花園。厚實而潮溼的圍牆，到處滲出水跡，生滿垂頭喪氣的雜樹，倒也另有一番景致。這片牆原是城牆的一部，鄰近人家都利用它布置花園。

樓下最重要的房間是那間「堂屋」，從大門內的環洞進出的。在安茹、都蘭、貝里各地的小城之中，一間堂屋的重要，外方人是不大懂得的。它同時是穿堂、客廳、書房、上房、飯廳。它是日常生活的中心，全家公用的起居室。本區的理髮匠，替葛朗臺先生一年理兩次髮是在這裡，佃戶、教士、縣長、磨坊夥計上門的時候，也是在這間屋裡。室內有兩扇臨街的窗，鋪著地板；古式嵌線的灰色護壁板從上鋪到下，頂上的梁木都露在外面，也漆成灰色；梁木中間的樓板塗著白粉，已經發黃了。

壁爐架上面掛著一面耀出青光的鏡子，兩旁的邊劃成斜面，顯出玻璃的厚度，一絲絲的閃光照在哥德式的鏤花鋼框上。壁爐架是粗糙的白石面子，擺著一座黃銅的老鐘，殼子上有螺鈿嵌成的圖案。左右放兩盞黃銅的兩用燭臺，座子是銅鑲邊的藍色大理石，矗立著好幾個玫瑰花瓣形的燈芯盤；把這些盤子拿掉，座子又可成為一個單獨的燭臺，在平常日子應用。

古式的座椅，花綢面子上織著拉・封丹的寓言，但不是博學之士，休想認出它們的內容：顏色褪盡，到處是補丁，人物已經看不清楚。四邊壁角裡放著三角形的酒櫥，頂上有幾格放零星小件的擱板，全是油膩。兩扇窗子中間的板壁下面，有一張嵌木細工的舊牌桌，桌面上畫著棋盤。牌桌後面的壁上掛一個橢圓形的晴雨錶，黑框子四周有金漆的絲帶形花邊，蒼蠅肆無忌憚的釘在上面張牙舞爪，恐怕不會有多少金漆留下的了。

壁爐架對面的壁上，掛兩幅水粉畫的肖像，據說一個是葛朗臺太太的外公，特・

拉·裴德里埃老人，穿著王家禁衛軍連長的制服；一個是故香蒂埃太太，挽著一個古式的髻。窗簾用的是圖爾紅綢，兩旁用繫有大墜子的絲帶吊起。這種奢華的裝飾，跟葛朗臺一家的習慣很不調和，原來是買進這所屋子的時候就有的，連鏡框、座鐘、花綢面的家具、紅木酒櫥等等都是。

靠門的窗洞下面，一張草坐墊的椅子放在一個木座上，使葛朗臺太太坐了可以望見街上的行人。另外一張褪色櫻桃木的女紅臺，把窗洞的空間填滿了，近旁還有歐也妮的小靠椅。

十五年以來，從四月到十一月，母女倆就在這個位置上安安靜靜的消磨日子，手裡永遠拿著活計。十一月初一，她們可以搬到壁爐旁邊過冬了。只有到那一天，葛朗臺才答應在堂屋裡生火，到三月三十一日就得熄掉，不管春寒也不管早秋的涼意。四月和十月裡最冷的日子，長腳拿儂想法從廚房裡騰出些柴炭，安排一具腳爐，給太太和小姐擋擋早晚的寒氣。

全家的內衣被服都歸母女倆負責，她們專心一意，像女工一樣整天勞動，甚至歐也妮想替母親繡一方挑花領，也只能騰出睡眠的時間來做，還得想出藉口來騙取父親的蠟燭。多年來女兒與拿儂用的蠟燭，吝嗇鬼總是親自分發的，正如每天早上分發麵包和食物一樣。

也許只有長腳拿儂受得了她主人的那種專制。索漠城裡都羨慕葛朗臺夫婦有這樣一個老媽子。大家叫她長腳拿儂，因為她身高五呎八吋。她在葛朗臺家已經做了三十五年。雖然一年的工薪只有六十法郎，大家已經認為她是城裡最有錢的女僕了。一年六十法郎，積了三十五年，最近居然有四千法郎存在公證人克羅旭那兒做終身年金。這筆長期不斷的積蓄，似乎是一個了不得的數目。每個女傭看見這個上了六十歲的老媽子有了老年的口糧，都十分眼熱，卻沒有想到這份口糧是辛辛苦苦做牛馬換來的。

二十二歲的時候，這可憐的姑娘到處沒有人要，她的臉醜得叫人害怕。其實這麼說是過分的，把她的臉放在一個擲彈兵的脖子上，還可受到人家稱讚哩。可是據說什麼東西都要相稱。她先是替農家放牛，農家遭了火災，她就憑著天不怕地不怕的勇氣，進城來找事。

那時葛朗臺正想自立門戶，預備娶親。他瞥見了這到處碰壁的女孩子。以箍桶匠的眼光判斷一個人的體力是準沒有錯的：她體格像大力士，站在那裡彷彿一株六十年的橡樹，根牢固實，粗大的腰圍，四方的背脊，一雙手像個趕車的，誠實不欺的德性，正如她的貞操一般純潔無瑕。在這樣一個女人身上可以榨取多少利益，他算得清清楚楚。雄赳赳的臉上生滿了疣，紫糖糖的膚色，青筋隆起的手臂，襤褸的衣衫，拿儂這些外表並沒嚇退箍桶匠，雖然他那時還在能夠動心的年紀。他給這個可憐的姑娘衣著、鞋襪、膳宿，出了工錢雇用她，也不過分的虐待、糟蹋。

長腳拿儂受到這樣的待遇暗中快活得哭了，就一片忠心的服侍箍桶匠。而箍桶匠當她家奴一般利用。拿儂包辦一切：煮飯，蒸洗東西，拿衣服到羅亞爾河邊去洗，擔在肩上回來；天一亮就起身，深夜才睡覺；收成時節，所有短工的飯食都歸她料理，還不讓人家撿取掉在地下的葡萄；她像一條忠心的狗一樣保護主人的財產。總之，她對他信服得五體投地，無論他什麼稀奇古怪的念頭，她都不哼一聲的服從。

一八一一那有名的一年[4]收穫季節特別辛苦，這時拿儂已經服務了二十年，葛朗臺才發狠賞了她一隻舊錶，那是她到手的唯一禮物。固然他一向把穿舊的鞋子給她（她正好穿得上），但是每隔三個月得來的鞋子，已經那麼破爛，不能叫做禮物了。可憐的姑娘因為一無所有，變得吝嗇不堪，終於使葛朗臺像喜歡一條狗一樣的喜歡她，而拿儂也甘心情願讓人家把鏈條套上脖子，鏈條上的刺，她已經不覺得痛了。

要是葛朗臺把麵包割得過分小氣了一點，她絕不抱怨。這戶人家飲食嚴格，從來沒有人鬧病，拿儂也樂於接受這衛生的好處，而且她跟主人家已經打成一片：葛朗臺笑，她也笑；葛朗臺發愁、受凍、取暖、工作，她也跟著發愁、受凍、取暖、工作。這樣不分彼此的平等，還不算甜蜜的安慰嗎？她在樹底下吃些杏子、桃子、棗子，主人從來不埋怨。

有些年分的果子把樹枝都壓彎了，佃戶拿去餵豬，於是葛朗臺對拿儂說：「吃呀，拿儂，儘管吃。」

這個窮苦的鄉下女人，從小只受到虐待，人家為了善心才把她收留下來。對於她，葛朗臺老頭那種教人猜不透意思的笑，真像一道陽光似的。而且拿儂單純的心、簡單的頭腦，只容得下一種感情、一個念頭。三十五年如一日，她老是看到自己站在葛朗臺先生的工廠前面，赤著腳，穿著破爛衣衫，聽見箍桶匠對她說：「你要什麼呀，好孩子？」她心中的感激永遠是那麼新鮮。

有時候，葛朗臺想到這個可憐蟲從沒聽見一句奉承的話，完全不懂女人所能獲得的那些溫情，將來站在上帝前面受審，她比聖母馬利亞還要貞潔。葛朗臺想到這些，不禁

4 該年葡萄豐收，所製成的酒為法國史上有名的佳釀；是年有彗星出現，經濟恐慌，工商業破產者累累。所謂有名的一年是總括上列各項事故而言。

動了憐憫，望著她說：

「可憐的拿儂！」

老傭人聽了，總是用一道難以形容的目光瞧他一下。時常掛在嘴邊的這句感歎，久已成為他們之間不斷的友誼的連鎖，而每說一遍，連鎖總多加上一環。出諸葛朗臺的心坎，而使老姑娘感激的這種憐憫，不知怎的總有一點可怕的氣息。這種吝嗇鬼的殘酷的憐憫，在老箍桶匠是因為想起了自己的無數快樂，在拿儂卻是全部的幸福。「可憐的拿儂！」這樣的話誰不會說？但是說話的音調，語氣之間莫測高深的惋惜，可以使上帝認出誰才是真正的慈悲。

索漠有許多家庭待傭人好得多，傭人卻仍然對主人不滿意。於是又有這樣的話流傳了：

「葛朗臺他們對長腳拿儂怎麼的，她會這樣的忠心？簡直肯替他們拚命！」

廚房臨著院子，窗上裝有鐵柵，老是乾淨、整齊、冷冰冰的，真是守財奴的灶屋，沒有一點糟蹋的東西。拿儂晚上洗過碗盞，收起剩菜，熄了灶火，便到跟廚房隔著一條過道的堂屋裡績麻，跟主人們在一塊。這樣，一個黃昏全家只消點一支蠟燭了。老媽子睡的是過道底上的一個小房間，只有一個牆洞漏進一些日光，躺在這樣一個窩裡，她結實的身體居然毫無虧損，她可以聽見日夜都靜悄悄的屋子裡的任何響動。像一條看家狗似的，她豎著耳朵睡覺，一邊休息一邊守夜。

屋子其餘的部分，等故事發展下去的時候再來描寫，但全家精華所在的堂屋的景象，已可令人想見樓上的寒磣了。

一八一九年，秋季的天氣特別好，到十一月中旬某一天傍晚時分，長腳拿儂才第一次生火。那一天是克羅旭與臺．格拉桑兩家記得清清楚楚的節日。雙方六位人馬，預備全副武裝，到堂屋裡交一交手，比一比誰表現得更親熱。

早上，索漠的人看見葛朗臺太太和葛朗臺小姐，後面跟著拿儂，到教堂去望彌撒，於是大家記起了這一天是歐也妮小姐的生日。克羅旭公證人、克羅旭神甫、克．特．篷風先生，算準了葛朗臺家該吃完晚飯的時候，急急忙忙趕來，要搶在臺．格拉桑一家之前，向葛朗臺小姐拜壽。三個人都捧著從小花壇中摘來的大束的花。所長那束，花梗上很巧妙的裹著金色穗子的白緞帶。

每逢歐也妮的生日和本名節日[5]，葛朗臺照例清早就直闖到女兒床邊，鄭重其事的

5 西俗教徒皆以聖者之名命名。凡自己取名的聖者的紀念日，稱為本名節日。

把他為父的禮物親手交代，十三年來的老規矩，都是一枚稀罕的金洋。

葛朗臺太太總給女兒一件衣衫，或是冬天穿的，或是夏天穿的，看什麼節而定。這兩件衣衫，加上父親在元旦跟他自己的節日所賞賜的金洋，她每年小小的收入大概有五六百法郎，葛朗臺很高興的看她慢慢地積起來。這不過是把自己的錢換一個口袋罷了，而且可以從小培養女兒的吝嗇。他不時盤問一下她財產的數目——其中一部分是從葛朗臺太太的外婆那裡來的——盤問的時候總說：

「這是你陪嫁的壓箱錢呀。」

所謂壓箱錢是一種古老的風俗，法國中部有些地方至今還很鄭重的保存在那裡。貝里、安茹那一帶，一個姑娘出嫁的時候，不是娘家便是婆家，總得給她一筆金洋或銀洋，或是十二枚，或是一百四十四枚，或是一千二百枚，看家境而定。最窮的牧羊女出嫁，壓箱錢也非有不可，就是拿大銅錢充數也是好的。伊蘇丹地方，至今還談論曾經有一個有錢的獨生女，壓箱錢是一百四十四枚葡萄牙金洋。凱薩琳・特・美第奇嫁給亨利二世，她的叔叔教皇克雷門七世送給她一套古代的金勳章，價值連城。

吃晚飯的時候，父親看見女兒穿了新衣衫格外漂亮，便喜歡得什麼似的，嚷道：

「既然是歐也妮的生日，咱們生起火來，取個吉利吧！」

長腳拿儂撤下飯桌上吃剩的鵝、箍桶匠家裡的珍品，一邊說：

「小姐今年一定要大喜了。」

「索漠城裡沒有合適的人家喔。」葛朗臺太太接口道，她一眼望著丈夫的那種膽怯的神氣，以她的年齡而論，活現出可憐的女人是一向對丈夫服從慣的。

葛朗臺端詳著女兒，快活的叫道：

「今天她剛好二十三了，這孩子。是咱們操心的時候了。」

歐也妮和她的母親心照不宣的彼此瞧了一眼。

葛朗臺太太是一個乾枯的瘦女人，膚色黃黃的像木瓜，舉動遲緩、笨拙，就像那些生來受折磨的女人。大骨骼，大鼻子，大額角，大眼睛，一眼望去，好像既無味道又無汁水的乾癟水果。黝黑的牙齒已經不多幾顆，嘴巴全是皺襉，長長的下巴頦往上鉤起，像隻木底靴。可是她為人極好，真有裴德里埃家風。克羅旭神甫常常有心藉機會告訴她，說她當初並不怎樣難看，她居然會相信。性情柔和得像天使，忍耐功夫不下於被孩子捉弄的蟲蟻，少有的虔誠，平靜的心境絕對不會騷亂，一片好心，個個人可憐她，敬重她。

丈夫給她的零用，每次從不超過六法郎。雖然相貌奇醜，她的陪嫁與承繼的遺產，給葛朗臺先生帶來三十多萬法郎。然而她始終誠惶誠恐，彷彿依人籬下似的，天性的柔和，使她擺脫不了這種奴性，她既沒要求過一個錢，也沒對克羅旭公證人教她簽字的文件表示過異議。支配這個女人的，只有悶在肚裡的那股愚不可及的傲氣，以及葛朗臺非但不瞭解還要加以傷害的慷慨的心胸。

葛朗臺太太永遠穿一件淡綠綢衫，照例得穿上一年；戴一條棉料的白圍巾，頭上一頂草帽，差不多永遠繫一條黑紗圍身。難得出門，鞋子很省。總之，她自己從來不想要一點什麼。

有時，葛朗臺想起自從上次給了她六法郎以後已經有好久，覺得過意不去，便在出售當年收成的契約上添注一筆，要買主掏出些中金給他太太。向葛朗臺買酒的荷蘭商人或比國商人，總得破費上百法郎，這就是葛朗臺太太一年之中最可觀的進款。

可是，她一旦拿到了上百法郎，丈夫往往對她說——彷彿他們用的錢一向是公帳似的——：「借幾個子兒給我，好不好？」可憐的女人，老是聽到懺悔師說男人是她的夫君是她的主人，所以覺得能夠幫他忙是最快活不過的，一個冬天也就還了他好些中金。

葛朗臺掏出了做零用、買針線、付女兒衣著的六法郎月費，把錢袋扣上之後，總不忘了向他女人問一聲：

「喂，媽媽，你想要一點什麼嗎？」

「喔，那個，慢慢再說吧。」葛朗臺太太回答，她覺得做母親的應該保持她的尊嚴。這種偉大真是白費！葛朗臺自以為對太太慷慨得很呢。像拿儂、葛朗臺太太、歐也妮小姐這等人物，倘使給哲學家碰到了，不是很有理由覺得上帝的本性是喜歡跟人開玩笑嗎？

在初次提到歐也妮婚事的那餐晚飯之後，拿儂到樓上葛朗臺先生房裡拿一瓶水果酒，下來的時候幾乎摔了一跤。

「蠢東西，」葛朗臺先生叫道，「你也會栽筋斗嗎，你？」

「哎喲，先生，那是你的樓梯不行呀。」

「不錯，」葛朗臺太太接口，「你早該修理了，昨天晚上，歐也妮也險些扭壞了腳。」

葛朗臺看見拿儂臉色發白，便說：

「好，既然是歐也妮的生日，你又幾乎摔跤，就請你喝一杯水果酒壓壓驚吧。」

「真是，這杯酒是我拿命拚來的呢。換了別人，瓶子早已摔掉了。我哪怕摔斷手，也要把酒瓶拿得老高，不讓它砸破呢。」

「可憐的拿儂！」葛朗臺一邊說一邊替她斟酒。

「跌痛沒有？」歐也妮很關切的望著她問。

「沒有，我挺一挺腰就站住了。」

「好啦，既然是歐也妮的生日，」葛朗臺說，「我就去替你們修理踏級吧。你們這班人，就不會揀結實的地方落腳。」

葛朗臺拿了燭臺，走到烤麵包的房裡去拿木板、釘子和工具，讓太太、女兒、傭人坐在暗裡，除了壁爐的活潑的火焰之外，沒有一點光亮。拿儂聽見他在樓梯上敲擊的聲音，便問：

「要不要幫忙？」

「不用，不用！我會對付。」老箍桶匠回答。

葛朗臺一邊修理蟲蛀的樓梯，一邊想起少年時代的事情，直著喉嚨打呼哨。這時候，三位克羅旭來敲門了。

「是你嗎，克羅旭先生？」拿儂湊在鐵柵上張了一張。

「是的。」所長回答。

拿儂打開大門，壁爐的火光照在環洞裡，三位克羅旭才看清了堂屋的門口。拿儂聞到花香，便說：

「啊！你們是來拜壽的。」

「對不起，諸位，」葛朗臺聽出了客人的聲音，嚷道，「我馬上就來！不瞞你們說，樓梯的踏級壞了，我自己在修呢。」

「不招呼，不招呼！葛朗臺先生。區區煤炭匠，在家也好當市長。」所長引經據典的說完，獨自笑開了，卻沒有人懂得他把成語改頭換面，影射葛朗臺當過市長。

葛朗臺母女倆站了起來。所長趁堂屋裡沒有燈光，便對歐也妮說道：

「小姐，今天是你的生日，我祝賀你年年快樂，歲歲康健！」

說著他獻上一大束索漠城裡少有的鮮花，然後抓著獨生女的手臂，把她脖子兩邊親了一下，那副得意的神氣把歐也妮羞得什麼似的。所長，像一根生鏽的大鐵釘，自以為這樣就是追求女人。

「所長先生，不用拘束啊，」葛朗臺走進來說，「過節的日子，照例得痛快一下。」

克羅旭神甫也捧著他的一束花，接口說：

「跟令嬡在一塊兒，舍侄覺得天天都是過節呢。」

說完話，神甫吻了吻歐也妮的手。公證人克羅旭卻老實不客氣親了她的腮幫，說：

「哎，哎，歲月催人，又是一年了。」

葛朗臺有了一句笑話，輕易不肯放棄，只要自己覺得好玩，會翻來覆去的說個不休；他把燭臺往座鐘前面一放，說道：

「既然是歐也妮的生日，咱們就大放光明吧！」

他很小心的摘下燈檯上的管子，每根按上了燈芯盤，從拿儂手裡接過一根紙捲的新蠟燭，放入洞眼，插妥了，點上了，然後走去坐在太太旁邊，把客人、女兒和兩支蠟燭，輪流打量過來。

克羅旭神甫矮小肥胖，渾身是肉，茶紅的假頭髮，像是壓扁了的，臉孔像個愛開玩笑的老太婆，套一雙銀搭扣的結實的鞋子，他把腳一伸，問道：

「臺・格拉桑他們沒有來嗎？」

「還沒有。」葛朗臺回答。

「他們會來嗎？」老公證人扭動著那張腳爐蓋似的臉，問。

「我想會來的。」葛朗臺太太回答。

「府上的葡萄收割完了嗎？」特・篷風所長打聽葛朗臺。

「統統完了！」葛朗臺老頭說著，站起身來在堂屋裡踱步，他把胸脯一挺的那股勁，跟「統統完了」四個字一樣驕傲。

長腳拿儂不敢闖入過節的場面，便在廚房內點起蠟燭，坐在灶旁預備績麻。葛朗臺從過道的門裡瞥見了，踱過去嚷道：

「拿儂，你能不能滅了灶火，熄了蠟燭，來我們這裡嗎？嘿！這裡地方大得很，怕擠不下嗎？」

「可是先生，你們那裡有貴客哪。」

「怕什麼？他們不跟你一樣是上帝造的嗎？」

葛朗臺說完又走過來問所長：

「府上的收成脫手沒有？」

「沒有。老實說，我不想賣。現在的酒固然好，過兩年更好。你知道，地主都發誓要堅持公議的價格。那些比國人這次休想占便宜了。他們這回不買，下回還是要來的。」

「不錯，可是咱們要齊心啊。」葛朗臺的語調，教所長打了一個寒噤。

「他會不會跟他們暗中談判呢？」克羅旭心裡想。

這時大門上錘子響了一下，報告臺·格拉桑一家來了。葛朗臺太太和克羅旭神甫才開始的話題，只得擱過一邊。

臺·格拉桑太太是那種矮小活潑的女人，身材肥胖，皮膚白裡泛紅，過著修道院式的外省生活，律身謹嚴，所以在四十歲上還顯得年輕。這等女子彷彿過時的最後幾朵薔薇，教人看了舒服，但它們的花瓣有種說不出的冰冷的感覺，香氣也淡薄得很了。她穿著相當講究，行頭都從巴黎帶來，索漠的時裝就把她做標準，而且家裡經常舉行晚會。

她的丈夫在拿破崙的禁衛軍中當過連長，在奧斯特里茲一役受了重傷，退伍了，對葛朗臺雖然尊敬，但是態度爽直，不失軍人本色。

「你好，葛朗臺。」他說著，向葡萄園主伸出手來，一副儼然的氣派是他一向用來壓倒克羅旭的。向葛朗臺太太行過禮，他又對歐也妮說：「小姐，你老是這樣美，這樣賢慧，簡直想不出祝賀你的話。」

然後他從跟班手裡接過一口匣子遞過去，裡面裝著一株好望角的鐵樹，這種花還是最近帶到歐洲而極少見的。

臺・格拉桑太太非常親熱的擁抱了歐也妮，握著她的手說：

「我的一點小意思，教阿道夫代獻吧。」

一個頭髮金黃，個子高大的青年，蒼白，嬌弱，舉動相當文雅，外表很羞怯，可是最近到巴黎念法律，膳宿之外，居然花掉上萬法郎。這時他走到歐也妮前面，親了親她的腮幫，獻上一個針線匣子，所有的零件都是鍍金的，匣面上哥德式的花體字，把歐也妮姓名的縮寫刻得不壞，好似做工很精巧，其實全部是騙人的普通東西。

歐也妮揭開匣子，感到一種出乎意外的快樂，那是使所有的少女臉紅、寒顫、高興得發抖的快樂。她望著父親，似乎問他可不可以接受。葛朗臺說一聲：「收下吧，孩子！」那強勁有力的音調竟可以使一個角兒成名呢。

這樣貴重的禮物，獨生女還是第一遭看見，她的快活與興奮的目光，用力盯住了阿道夫．臺．格拉桑，把三位克羅旭看呆了。臺．格拉桑先生掏出鼻煙壺，讓了一下主人，自己聞了一下，把藍外套鈕孔上「榮譽團」綵帶上的煙末，抖乾淨了，旋過頭去望著幾位克羅旭，神氣之間彷彿說：「嘿，瞧我這一手！」

臺．格拉桑太太就像一個喜歡訕笑人家的女子，裝作特意尋找克羅旭他們的禮物，把藍瓶裡的鮮花瞅了一眼。在這番微妙的比賽中，大家圍坐在壁爐前面，克羅旭神甫卻丟下眾人，逕自和葛朗臺踱到堂屋那一頭，離臺．格拉桑最遠的窗洞旁邊，咬著守財奴的耳朵說：

「這些人簡直把錢往窗外扔。」

「沒有關係，反正是扔在我的地窖裡。」葛朗臺回答。

「你給女兒打把金剪刀也打得起呢。」神甫又道。

「金剪刀有什麼稀罕，我給她的東西名貴得多哩。」

克羅旭所長那豬肝色的臉本來就不體面，加上亂蓬蓬的頭髮，愈顯得難看了。神甫望著他，心裡想：

「這位老侄真是傻瓜，一點討人喜歡的小玩意都想不出來！」

這時臺·格拉桑太太嚷道：

「咱們陪你玩一下牌吧，葛朗臺太太。」

「這麼多人，好來兩局呢……」

「既然是歐也妮的生日，你們不妨來個摸彩的玩意，讓兩個孩子也參加。」老箍桶匠一邊說一邊指著歐也妮和阿道夫，他自己是對什麼遊戲都從不參加的。

「來，拿儂，擺桌子。」

「我們來幫忙，拿儂。」臺·格拉桑太太很高興的說，她因為得了歐也妮的歡心，開心得不得了。那位獨生女對她說：

「我一輩子都沒有這麼快樂過，我從沒見過這樣漂亮的東西。」

臺·格拉桑太太便咬著她的耳朵：

「那是阿道夫從巴黎帶來的，他親自挑的呢。」

「好，好，你去灌迷湯吧，刁鑽促狹的鬼女人！」所長心裡想，「哪天你家有什麼官司落在我手中，不管是你的還是你丈夫的，哼，看你有好結果吧。」

公證人坐在一旁，神色泰然的望著神甫，想道：

「臺．格拉桑他們是白費心的。我的家私、我兄弟的、侄子的，合在一起有一百一十萬。臺．格拉桑最多也不過抵得一半，何況他們還有一個女兒要嫁！好吧，他們愛送禮就送吧！終有一天，獨生女跟他們的禮物，會一股腦地落在咱們手裡的。」

八點半，兩張牌桌端整好了。俊俏的臺．格拉桑太太居然能夠把兒子安排在歐也妮旁邊。各人拿著一塊有數目字與格子的紙板，抓著藍玻璃的籌碼，開始玩了。這聚精會神的一幕，雖然表面上平淡無奇，所有的角兒裝作聽著老公證人的笑話——他摸一顆籌碼，念一個數目，總要開一次玩笑——其實都念念不忘的想著葛朗臺的幾百萬家私。老箍桶匠躊躇滿志的把臺．格拉桑太太時髦的打扮，粉紅的帽飾，銀行家威武的臉相，還有阿道夫、所長、神甫、公證人的腦袋，一個個的打量過來，暗自想道：

「他們都看中我的錢，為了我女兒到這裡來受罪。哼！我的女兒，休想，我就利用這班人替我釣魚！」

灰色的老客廳裡，黑魆魆的只點兩支蠟燭，居然也有家庭的歡樂。拿儂的紡車聲，替眾人的笑聲當著伴奏，可是只有歐也妮和她母親的笑才是真心的，小人的心胸都在關切重大的利益。這位姑娘受到奉承、包圍，以為他們的友誼都是真情實意，彷彿一隻小鳥全不知道給人家標著高價作為賭注。這種種使那天晚上的情景顯得又可笑又可歎。

這原是古往今來到處在搬演的活劇，這裡不過表現得最簡單罷了。利用兩家的假殷勤而占足便宜的葛朗臺，是這一幕的主角，有了他，這一幕才有意義。單憑這個人的臉，不是就象徵了法力無邊的財神、現代人的上帝嗎？

人生的溫情在此只居於次要地位，它只能激動拿儂、歐也妮和她母親三顆純潔的心。而且她們能有這麼一點天真，還是因為她們蒙在鼓裡，一無所知！葛朗臺的財富，母女倆全不知道。她們對人生的看法，只憑一些渺茫的觀念，對金錢既不看重也不看輕，她們一向就用不到它。她們的情感雖然無形中受了傷害，依舊很強烈，而且是她們生命的真諦，使她們在這一群唯利是圖的人中間別具一格。人類的處境就是這一點可怕！沒有一宗幸福不是靠糊塗得來的。

葛朗臺太太中了十六個銅子的彩，在這裡是破天荒第一遭的大彩，長腳拿儂看見太太有這許多錢上袋，快活得笑了。正在這時候，大門上砰的一聲，錘子敲得那麼響，把女士都嚇得從椅子裡直跳起來。

「這種敲門的氣派絕不是本地人。」公證人說。

「哪有這樣敲法的！」拿儂說，「難道想砸破大門嗎？」

「哪個混帳東西！」葛朗臺咕噥著。

拿儂在兩支蠟燭中拿了一支去開門，葛朗臺跟著她。

「葛朗臺！葛朗臺！」他太太莫名其妙的害怕起來，往堂屋門口追上去叫。

牌桌上的人都面面相覷。

「咱們一起去怎麼樣？」臺·格拉桑說，「這種敲門有點來意不善。」

臺·格拉桑才看見一個青年人的模樣，後面跟著驛站上的腳夫，扛了兩口大箱子，拖了幾個鋪蓋捲，葛朗臺便突然轉過身來對太太說：

「玩你們的，太太，讓我來招呼客人。」

說著，他把客廳的門使勁一拉。那些騷動的客人都歸了原位，卻並沒玩下去。臺·格拉桑太太問她的丈夫：

「是不是索漠城裡的人？」

「不，外地來的。」

「一定是巴黎來的了。」

公證人掏出一支兩指厚的老錶，形式像荷蘭戰艦，瞧了瞧說：

「不錯，九點整。該死，驛車倒從來不脫班。」

「客人還年輕嗎？」克羅旭神甫問。

「年輕，」臺・格拉桑答道，「帶來的行李至少有三百斤。」

「拿儂還不進來。」歐也妮說。

「大概是府上的親戚吧。」所長插了句嘴。

「咱們下注吧，」葛朗臺太太輕聲輕氣的叫道，「聽葛朗臺的聲音，他很不高興，也許他不願意我們談論他的事。」

「小姐，」阿道夫對坐在隔壁的歐也妮說，「一定是你的堂弟葛朗臺，一個挺漂亮的年輕人，我在紐沁根先生家的跳舞會上見過的。」

阿道夫停住不說了，他給母親踩了一腳，她高聲叫他拿出兩個銅子來押，又咬著他的耳朵：

「別多嘴，你這個傻瓜！」

這時大家聽見拿儂和腳夫走上樓梯的聲音，葛朗臺帶著客人進了堂屋。幾分鐘以來，個個人都給不速之客提足了精神，好奇得不得了，所以他的到場、他的出現，在這些人中間，猶如蜂房裡掉進了一隻蝸牛，或是鄉下黝黑的雞場裡闖進了一隻孔雀。

「到壁爐這邊來坐吧。」葛朗臺招呼他。

年輕的陌生人就座之前，對眾人客客氣氣鞠了一躬。男客都起身還禮，女士都深深的福了一福。

「你冷了吧，先生？」葛朗臺太太說，「你大概從……」

葛朗臺捧著一封信在念，馬上停下來截住了太太的話：

「嘿！婆婆媽媽的！不用煩，讓他歇歇再說。」

「可是父親，也許客人需要什麼呢。」歐也妮說。

「他會開口的。」老頭子厲聲回答。

這種情形只有那位生客覺得奇怪。其餘的人都看慣了這個傢伙的霸道。客人聽了這兩句問答，不禁站起身子，背對著壁爐，提起一隻腳烘烤靴底，一面對歐也妮說：

「姊姊，謝謝你，我在圖爾吃過晚飯了。」他又望著葛朗臺說，「什麼都不用費心，我也一點不覺得累。」

「這位先生是從京裡來的吧？」臺．格拉桑太太問。

查理（這是巴黎葛朗臺的兒子的名字）聽見有人插嘴，便拈起用金鏈掛在項下的小小的手眼鏡，湊在右眼上瞧了瞧桌上的東西和周圍的人物，非常放肆的把眼鏡向臺·格拉桑太太一照，他把一切都看清楚了，才回答說：

「是的，太太。」他又回頭對葛朗臺太太說：「哦，你們在摸彩，伯母。請呀，請呀，玩下去吧，多有趣的玩意兒，怎麼好歇手呢！……」

「我早知道他就是那個堂弟。」臺·格拉桑太太對他做著媚眼，心裡想。

「四十七，」老神甫嚷道，「嗳，臺·格拉桑太太，放呀，這不是你的號數嗎？」

臺·格拉桑先生抓起一個籌碼替太太放上了紙板。她卻覺得預兆不好，一下望望巴黎來的堂弟，一下望望歐也妮，想不起摸彩的事了。年輕的獨生女不時對堂弟瞟上幾眼，銀行家太太不難看出她越來越驚訝，越來越好奇的情緒。

巴黎的堂弟

查理．葛朗臺，二十二歲的俊俏後生，跟那些老實的外省人正好成為古怪的對照。人家看了他貴族式的舉動態度已經心中有氣，而且還在加以研究，以便大大的訕笑他一番。這緣故需要說明一下。

在二十二歲的年紀，青年人還很接近童年，免不了孩子氣。一百個之中，說不定九十九個都會像查理．葛朗臺一樣的行事。那天晚上的前幾日，父親吩咐他到索漠的伯父那裡住幾個月。也許巴黎的葛朗臺念頭轉到歐也妮。初次跑到內地的查理，便想拿出一個時髦青年的驃勁，在縣城裡擺闊，在地方上開風氣，帶一些巴黎社會的新玩意來。總之，一句話說盡，他要在索漠比在巴黎花更多的時間刷指甲，對衣著特別出神入化，下一番苦功，不比有些時候一個風流年少的人倒故意的不修邊幅，要顯得瀟灑。

因此，查理帶了巴黎最漂亮的獵裝，最漂亮的獵槍，最漂亮的刀子，最漂亮的刀鞘。他也帶了全套最新奇的背心：灰的、白的、黑的、金殼蟲色的、閃金光的、嵌水鑽的、五色條紋的、雙疊襟的、高領口的、直領口的、翻領的、鈕扣一直扣到脖子的、金鈕扣的。還有當時風行的各式硬領與領帶，名裁縫蒲伊松做的兩套服裝，最講究的內衣。母親給的一套華麗的純金梳妝用具也隨身帶了。凡是花花公子的玩意兒，都已帶全，一個玲瓏可愛的小文具盒也沒有忘記。

這是一個最可愛的——至少在他心目中——他叫做阿納德的闊太太送的禮物。她此刻正在蘇格蘭陪著丈夫遊歷，煩悶不堪，可是為了某些謠言不得不暫時犧牲一下幸福。他也帶了非常華麗的信箋，預備每半個月和她通一次信。巴黎浮華生活的行頭，簡直應有盡有，從決鬥開場時用的馬鞭起，直到決鬥結束時用的鏤工細巧的手槍為止，一個遊手好閒的青年出門打天下的隨身傢伙，都包括盡了。父親吩咐他一個人上路，切勿浪費，所以他包了驛車的前廂，很高興那輛特地定造、預備六月裡坐到巴登溫泉與貴族太太阿納德相會的，輕巧可愛的轎車，不致在這次旅行中糟蹋。

查理預備在伯父家裡碰到上百客人，一心想到他森林中去圍獵，過一下宮堡生活。他想不到伯父就在索漠，他在這兒問起葛朗臺，只是為了打聽去法勞豐的路；等到知道伯父在城裡，便以為他住的必是高堂大廈。索漠也罷，法勞豐也罷，初次在伯父家露面非體體面面不行，所以他的旅行裝束是最漂亮、最大方的，用當時形容一個人一件東西美到極點的口語說：是最可愛的。

利用在圖爾打尖的時間，他叫了一個理髮匠把美麗的栗色頭髮重新燙過。襯衫也換過一件，繫一條黑緞子領帶，配上圓領，使那張滿面春風的小白臉愈加顯得可愛了。一襲小腰身的旅行外套，鈕扣只扣了一半，露出一件高領羊毛背心，裡面還有第二件白背心。他的錶隨便納在一個袋裡，短短的金鏈繫在鈕孔上。灰色褲子，鈕扣都在兩旁，加上黑絲線繡成的圖案，式樣更美觀了。他極有風趣的揮動手杖，雕刻精工的黃金柄，並沒奪去灰色手套的光澤。最後，他的便帽也是很大方的。

只有巴黎人、一個第一流的巴黎人，才能這樣打扮而不至於俗氣，才有本領使那些無聊的裝飾顯得調和。給這些行頭做支援的，還有一股驃勁，表示他有的是漂亮的手槍、百發百中的功夫，和那位貴族太太阿納德。

因此，要瞭解索漠人與年輕的巴黎人彼此的驚訝，要在堂屋與構成這幅家庭小景的灰暗陰影中，把來客風流典雅的光彩看個真切的話，就得把幾位克羅旭的模樣懸想一番。三個人都吸鼻煙，既淌鼻水，又把黃裡帶紅、衣領打皺、褶裥發黃的襯衫胸飾沾滿了小黑點：他們久已不在乎這些。軟綿綿的領帶，一扣上去就縮成一根繩子。襯衫內衣之多，一年只要洗兩次，在衣櫃底上成年累月的放舊了，顏色也灰了。邋遢與衰老在他們身上合而為一。跟破爛衣服一樣的衰敗，跟褲子一樣的打皺，他們的面貌顯得憔悴、硬化，嘴臉都扭作一團。

其餘的人也是衣冠不整，七零八落，沒有一點新鮮氣象，跟克羅旭他們的落拓半斤八兩。外省的裝束大概都是如此，大家不知不覺的只關心一副手套的價錢，而不想打扮給人家看了。只有討厭時裝這一點，臺．格拉桑與克羅旭兩派的意見是一致的。

巴黎客人一拿起手眼鏡，打量堂屋裡古怪的陳設、樓板的梁木、護壁板的色調、護壁板上數量多得可以標點《日用百科全書》與《政府公報》的蒼蠅屎的時候，那些玩摸彩戲的人便立刻揚起鼻子打量他，好奇的神情似乎在看一頭長頸鹿。臺．格拉桑父子雖然見識過時髦人物，也跟在座的人一樣驚訝，或許是眾人的情緒有股說不出的力量把他們感染了，或許他們表示贊成，所以含譏帶諷的對大家擠眉弄眼，彷彿說：「你們瞧，巴黎人就是這副調調。」

並且他們盡可從從容容的端詳查理，不用怕得罪主人。

葛朗臺全副精神在對付手裡的一封長信，為了看信，他把牌桌上唯一的蠟燭拿開了，既不顧到客人，也不顧到他們的興致。歐也妮從來沒見過這樣美滿的裝束與人品，以為堂弟是什麼天上掉下來的妙人兒。光亮而鬈曲有致的頭髮散出一陣陣的香氣，她盡量的聞著、嗅著，覺得飄飄然。漂亮精美的手套，她恨不得把那光滑的皮去摸一下。她羨慕查理的小手、膚色、面貌的嬌嫩與清秀。這可以說是把風流公子給她的印象作了一個概括的敘述。

可是一個沒有見過世面的姑娘，只知道縫襪子，替父親補衣裳，在滿壁油膩的屋子裡討生活的——冷清的街上一小時難得看到一個行人——這樣一個女子一見這位堂弟，自然要神魂顛倒，好像一個青年在英國聖誕畫冊上看到了那些奇妙的女人，鏤刻的精巧，大有吹一口氣就會把天仙似的美女從紙上吹走了似的。

查理掏出一條手帕，是在蘇格蘭遊歷的闊太太繡的，美麗的繡作正是熱戀中懷著滿腔愛情做成的，歐也妮望著堂弟，看他是否當真拿來用。查理的舉動，態度，拿手眼鏡的姿勢，故意的放肆，還有對富家閨女剛才非常喜歡的那個針線匣，他認為毫無價值或俗不可耐而一臉瞧不起的神氣，總之，查理的一切，凡是克羅旭與臺．格拉桑他們看了刺眼的，歐也妮都覺得賞心悅目，使她當晚在床上老想著那個了不起的堂弟，睡不著覺。

摸彩摸得很慢，不久也就歇了。因為長腳拿儂進來高聲的說：

「太太，得找被單替客人鋪床啦。」

葛朗臺太太跟著拿儂走了。臺．格拉桑太太便輕輕的說：

「我們把錢收起來，歇了吧。」

各人從缺角的舊碟子內把兩個銅子的賭注收起，一齊走到壁爐前面，談一會兒天。

「你們完了嗎？」葛朗臺說著，照樣念他的信。

「完了，完了。」臺·格拉桑太太答著話，挨著查理坐下。

歐也妮，像一般初次動心的少女一樣，忽然想起了一個念頭，離開堂屋，給母親和拿儂幫忙去了。要是一個手腕高明的懺悔師盤問她，她一定會承認那時既沒想到母親，也沒想到拿儂，而是非常急切的要看看堂弟的臥房，替他張羅一下，放點東西進去，唯恐人家有什麼遺漏，樣樣要想個周到，使他的臥房盡可能的顯得漂亮、乾淨。歐也妮已經認為只有她才懂得堂弟的口味與心思。

母親與拿儂以為一切安排定當，預備下樓了，她卻正好趕上，指點給她們看，什麼都不行。她提醒拿儂撿一些炭火，弄個腳爐烘被單。她親手把舊桌子鋪上一方小臺布，吩咐拿儂這塊臺布每天早上都得更換。她說服母親，壁爐內非好好的生一個火不可，又逼著拿儂瞞了父親搬一大堆木柴放在走廊裡。特·拉·裴德里埃老先生的遺產裡面，有一個古漆盤子放在堂屋的三角櫥上，還有一個六角水晶杯，一支鍍金褪盡的小羹匙，一個刻著愛神的古瓶：歐也妮一齊搬了來，得意揚揚的擺在壁爐架上。她這一會兒的念頭，比她出世以來所有的念頭還要多。

「媽媽，」她說，「蠟油的氣味，弟弟一定受不了。去買一支白燭怎麼樣？……」說著她像小鳥一般輕盈的跑去，從錢袋裡掏出她的月費，一塊五法郎的銀幣，說：

「喂，拿儂，快點去。」

她又拿了一個糖壺，賽佛爾燒的舊瓷器，是葛朗臺從法勞豐別莊拿來的。葛朗臺太太一看到就嚴重的警告說：

「哎，父親看了還得了！……再說哪兒來的糖呢？你瘋了嗎？」

「媽媽，跟白燭一樣好叫拿儂去買啊。」

「可是你父親要怎麼說呢？」

「他的侄兒連一杯糖水都沒得喝，成什麼話？而且他不會留意的。」

「嘿，什麼都逃不過他的眼睛。」葛朗臺太太側了側腦袋。

拿儂猶疑不決，她知道主人的脾氣。

「去呀，拿儂，既然今天是我的生日！」

拿儂聽見小主人第一次說笑話，不禁哈哈大笑，照她的吩咐去辦了。

正當歐也妮跟母親想法把葛朗臺派給侄兒住的臥房裝飾得漂亮一些的時候，查理卻成為臺・格拉桑太太大獻殷勤、百般挑引的目標。

「你真有勇氣呀，先生，」她對他說，「居然肯丟下巴黎冬天的娛樂，住到索漠來。不過，要是你不覺得我們太可怕的話，你慢慢會看到，這裡一樣可以玩的。」

接著她做了一個十足外省式的媚眼。外省女子的眼風，因為平常矜持到極點、謹慎到極點，反而有一種饞涎欲滴的神氣，那是把一切歡娛當作竊盜或罪過的教士特有的眼風。

查理在堂屋裡迷惘到萬分，意想之中伯父的別莊與豪華的生活，跟眼前種種差得太遠了，所以他把臺・格拉桑太太仔細瞧過之後，覺得她淡淡的還有一點巴黎婦女的影子。她上面那段話，對他好似一種邀請，他便客客氣氣的接受了，很自然的和她攀談起來。

臺・格拉桑太太把嗓子逐漸放低，跟她說的體己話的內容配合。她和查理都覺得需要密談一下。所以時而調情說笑，時而一本正經的閒扯了一會之後，那位手段巧妙的外省女子，趁其餘的人談論當時全索漠最關心的酒市行情而不注意她的時候，說道：

「先生，要是你肯賞光到舍間來，外子一定跟我一樣的高興。索漠城中，只有在舍間才能同時碰到商界巨頭跟閥閱世家。在這兩個社會裡，我們都有份。他們也只願意在我們家裡見面，因為玩得痛快。我敢驕傲的說一句，舊家跟商界都很敬重我的丈夫。我們一定得給你解解悶。要是你老待在葛朗臺先生家裡，哎，天哪！不知你要煩成什麼樣呢！你的伯父是一個守財奴，一心只想他的葡萄秧；你的伯母是一個理路不清的老虔婆；你的堂姊，不癡不癲，沒有教育，沒有陪嫁，俗不可耐，只曉得整天縫抹布。」

「她很不錯呢，這位太太。」查理這樣想著，就跟臺．格拉桑太太的裝腔作勢呼應起來。

「我看，太太，你大有把這位先生包辦的意思。」又胖又高的銀行家笑著插嘴。

聽到這一句，公證人與所長都說了些俏皮話，可是神甫很狡猾的望著他們，吸了一撮鼻煙，拿煙壺向大家讓了一陣，把眾人的思想歸納起來說：

「除了太太，還有誰能給這位先生在索漠當嚮導呢？」

「啊，啊！神甫，你這句話是什麼意思？」臺．格拉桑先生問。

「我這句話，先生，對你，對尊夫人，對索漠城，對這位貴客，都表示最大的好意。」奸猾的老頭子說到末了，轉身望著查理。

克羅旭神甫裝作全沒注意查理和臺．格拉桑太太的談話，其實早已猜透了。

「先生，」阿道夫終於裝作不經意的樣子，對查理說，「不知道你還記得我嗎，在紐沁根男爵府上，跳四組舞的時候我曾經跟你照過一面[1]，並且……」

1　四組舞的格式，兩對舞伴在某種姿勢中必須互相照面。

「啊，不錯，先生，不錯。」查理回答，他很詫異的發覺個個人都在巴結他。

「這一位是你的世兄嗎？」他問臺·格拉桑太太。

神甫狡猾的瞅了她一眼。

「是的，先生。」她說。

「那麼你很年輕就上巴黎去了？」查理又轉身問阿道夫。

「當然嘍，先生，」神甫插嘴道，「他們斷了奶，咱們就打發他們進京看花花世界了。」

臺·格拉桑太太極有深意的把神甫瞪了一眼，表示質問。他卻緊跟著說：

「只有在外省，才能看到像太太這樣三十多歲的女子，兒子都快要法科畢業了，還是這麼嬌嫩。」他又轉身對著臺·格拉桑太太，「當年跳舞會裡，男男女女站在椅子上爭著看你跳舞的光景，還清清楚楚在我眼前呢。你紅極一時的盛況彷彿是昨天的事。」

「噢！這個老混蛋！」臺·格拉桑太太心裡想，「難道他猜到了我的心事嗎？」

「看來我在索漠可以大大的走紅呢。」查理一邊想一邊解開上衣的鈕扣，把一隻手按在背心上，眼睛望著空中，模仿英國雕刻家錢特里雕塑的拜倫的姿勢。

葛朗臺老頭的不理會眾人，或者不如說他聚精會神看信的神氣，逃不過公證人和所長的眼睛。葛朗臺的臉這時給燭光照得格外分明，他們想從他微妙的表情中揣摩書信的內容。老頭子的神色，很不容易保持平日的鎮靜。並且像下面這樣一封悲慘的信，他念的時候會裝作怎樣的表情，誰都可以想像得到：

大哥，我們分別快二十三年了。最後一次會面是我結婚的時候，那次我們是高高興興分手的。當然，我想不到有這麼一天，要你獨力支撐家庭。你當時為了家業興隆多麼快活。可是這封信到你手裡的時候，我已經不在世界上了。

以我的地位，我不願在破產的羞辱之後覥顏偷生。我在深淵邊上掙扎到最後一刻，希望能突破難關。可是非倒不可。我的經紀人與公證人洛庚的破產，把我最後一些資本也弄光了。我欠了近四百萬的債，資產只有一百萬。囤積的酒，此刻正碰到市價慘跌，因為你們今年豐收，酒質又好。三天之後，全巴黎的人都要說：「葛朗臺原來是個騙子！」

我一生清白，想不到死後要受人唾罵。我既沾汙了兒子的姓氏，又侵占了他母親的一份財產。他還一點都不知道呢，我疼愛的這個可憐的孩子！我和他分離的時候，彼此依依不捨。幸而他不知道這次訣別是我最後一次發洩熱情。將來他會不會咒我呢？大哥、大哥，兒女的詛咒是最可怕的！兒女得罪了我們，可以求告、討饒；我們得罪了兒女，卻永遠挽回不了。葛朗臺，你是我的兄長，應當保護我：不要讓查理在我的墳墓上說一句狠毒的話！

大哥，即使我用血淚寫這封信，也不至於這樣痛苦。因為我可以痛哭，可以流血，可以死，可以沒有知覺。但我現在只覺得痛苦，而且眼看著死，一滴眼淚都沒有。你如今是查理的父親了，他沒有外婆家的親戚，你知道為什麼。唉，為什麼我當時不聽從社會的成見呢？為什麼我向愛情低頭呢？為什麼我娶了一個貴人的私生女兒？查理無家可歸了。可憐的孩子！孩子！

你得知道，葛朗臺，我並不為了自已求你，並且你的家產也許還押不到三百萬，我求你是為我的兒子呀！告訴你，大哥，我想到你的時候是合著雙手哀求的。葛朗臺，我臨死之前把查理付託給你了。現在我望著手槍不覺得痛苦了，因為想到有你擔起為父的責任。查理對我很孝順，我對他那麼慈愛，從來不違拗他，他不會恨我的。並且你慢慢可以看到：他性情和順像他母親，絕不會有什麼事教你難堪。可憐的孩子！他是享福慣的。你我小時候吃著不全的苦處，他完全不知道……而他現在傾家蕩產，只有一個人了！一定的，所有的朋友都要回避他，而他的羞辱是我造成的。啊！我恨不得把他一手帶上天國，放在他母親身邊，唉，我簡直瘋了！

我還得講我的苦難、查理的苦難。我打發他到你那裡，讓你把我的死訊和他將來的命運婉轉的告訴他。希望你做他的父親、慈愛的父親。切勿一下子逼他戒絕優閒的生活，那他會送命的。我願意跪下來，求他拋棄母親的遺產，而不要站在我的債權人的地位。可是不必，他有傲氣，一定知道他不該和我的債主站在一起。你得教他趁早拋棄我的遺產[2]。我替他造成的艱苦的處境，你得仔細解釋給他聽。如果他對我的孝心不變，那麼替我告訴他，前途並不絕望。咱們倆當初都是靠工作翻身的，將來他也可以靠了工作把我敗掉的家業掙回來。如果他肯聽我為父的話——為了他，我簡直想從墳墓裡爬起來——他應該出國，到印度[3]去！大哥，查理是一個勇敢正直的青年，你給他一批出口貨讓他經營，他死也不會賴掉你給他的第一筆資本的，你一定得供給他，葛朗臺！否則你將來要受良心責備的。啊！要是你對我的孩子不肯幫忙、不加憐愛，我要永久求上帝懲罰你的無情無義。我很想能搶救出一部分財產，因為我有權在他母親的財產裡面留一筆給他，

2 法律規定，拋棄遺產即不負前人債務的責任。
3 本書所稱印度泛指東印度（即荷屬南洋群島）與西印度（即美洲）。

可是月底的開支把我全部的資源配置完了。不知道孩子將來的命運，我是死不瞑目的，我真想握著你溫暖的手，聽到你神聖的諾言，但是來不及了。在查理趕路的時間，我要把資產負債表造起。我要以業務的規矩誠實，證明我這次的失敗既沒有過失也沒有私弊。這不是為了查理嗎！

別了，大哥。我付託給你的監護權，我相信你一定會慷慨的接受，願上帝為此賜福給你。在彼世界上，永久有一個聲音在為你祈禱。那兒我們早晚都要去的，而我已經在那裡了。

維克多－昂熱－琪奧默·葛朗臺

「嗯，你們在談天嗎？」葛朗臺把信照原來的折痕折好，放在背心袋裡。他因為心緒不寧，做著種種盤算，便故意裝出謙卑而膽怯的神氣望著侄兒說：

「烤了火，暖和了嗎？」

「舒服得很，伯父。」

「哎，母女倆到哪裡去了？」

他已經忘了侄兒是要住在他家裡的。

這時歐也妮和葛朗臺太太正好回到堂屋。

「樓上什麼都端整好了吧？」老頭子的心又定了下來。

「端整好了，父親。」

「好吧，查理，你覺得累，就教拿儂帶你上去。我的媽，那可不是漂亮哥兒住的房間喔！原諒我們種葡萄的窮人，都給捐稅刮光了。」

「我們不打攪了，葛朗臺，」銀行家插嘴道，「你跟令侄一定有話談。我們走了。明天見。」

一聽這幾句話，大家站起身來告別，各人照著各人的派頭行禮。老公證人到門口找出燈籠點了，提議先送臺．格拉桑一家回去。臺．格拉桑太太沒料到中途出了事，散得這麼早，家裡的當差還沒有來接。

「太太，肯不肯賞臉，讓我攙著你走？」克羅旭神甫對臺．格拉桑太太說。

「謝謝你，神甫，有孩子招呼我呢。」她冷冷的回答。

「女士跟我一起走是沒有嫌疑的。」神甫說。

「喂，就讓克羅旭先生把你攙著吧。」她的丈夫接口說。

神甫攙著美麗的太太，故意輕快的走在眾人前面。

「這年輕人很不錯啊，太太，」他緊緊抓著她的手臂說，「葡萄割完，籃子沒用了！事情吹啦。你休想葛朗臺小姐了，歐也妮是給那個巴黎人的囉。除非這個堂弟愛上什麼巴黎女子，令郎阿道夫遇到了一個最……的敵手……」

「別這麼說，神甫。回頭他就會發覺歐也妮是一個傻姑娘，一點兒嬌嫩都談不上。你把她打量過沒有？今天晚上她的臉孔黃得像木瓜。」

「這一點也許你已經提醒她堂弟了？」

「老實不客氣……」

「太太，你以後永遠坐在歐也妮旁邊，那麼不用對那個年輕人多說他堂姊的壞話，他自己會比較，而且對……」

「他已經答應後天到我們家吃晚飯。」

「啊！要是你願意的話，太太……」神甫說。

「願意什麼，神甫？是不是想教壞我？天哪，我一生清白，活到了三十九歲，總不成再來糟蹋自己的聲名，哪怕是為了得蒙古大皇帝的天下！你我在這個年紀上都知道說話應該有個分寸。以你教士的身分，你的念頭真是太不像話了。呸！倒像《福勃拉》[4]書中的……」

「那麼你念過《福勃拉》了？」

「不，神甫，我是說《危險關係》那部小說。」

「啊！這部書正經多了，」神甫笑道，「你把我當作像現在的年輕人一樣壞！我不過想勸你……」

「你敢說你不是想替我出壞主意嗎？事情還不明白？這年輕人固然不錯，我承認，要是他追求我，他當然不會想到他的堂姊了。在巴黎，我知道，有一班好媽媽為了兒女的幸福跟財產，不惜來這麼一手，可是咱們是在外省呀，神甫。」

「對，太太。」

「並且，」她又說，「那怕是一萬萬的家私，我也不願意用這種代價去換，阿道夫也不願意。」

「太太，我沒有說什麼一萬萬。誘惑來的時候，恐怕你我都抵抗不了。不過我認為一個清白的女子，只要用意不差，無傷大雅的調調情也未嘗不可，交際場中，這也是女人的一種責任……」

4《福勃拉》為描寫十八世紀輕狂淫逸的風氣的小說。

「真的嗎？」

「太太，我們不是都應當討人喜歡嗎？……對不起，我要擤一下鼻子。真的，太太，」他接下去說，「他拿手眼鏡照你，比他照我的時候，神氣似乎要來得親熱一些。自然，我原諒他愛美甚於敬老……」

「顯而易見，」所長在後面用他粗嗄而宏大的聲音說，「巴黎的葛朗臺打發兒子到索漠來，完全是為了親事……」

「那麼堂弟就不至於來得這麼突兀了。」公證人回答。

「那倒不一定，」臺·格拉桑先生表示意見，「那傢伙一向喜歡藏頭露尾的。」

「喂，臺·格拉桑，」他太太插嘴道，「我已經請他來吃晚飯了，那小夥子。你再去邀上拉索尼埃夫婦，杜·奧多阿一家，還有那美麗的杜·奧多阿小姐。噢，但願她那一天穿得像個樣子！她母親真會忌妒，老把她打扮得那麼醜！」她又停下腳步對三位克羅旭說，「希望你們也賞光。」

「你們到了，太太。」公證人說。

三位克羅旭別了三位臺·格拉桑回家，一路上拿出外省人長於分析的本領，把當晚那件大事從各方面推敲了一番。為了這件事，克羅旭和臺·格拉桑兩家的關係有了變化。支配這些大策略家行事的世故，使雙方懂得暫時有聯合對付共同敵人的必要。他們不是應該協力同心阻止歐也妮愛上堂弟，阻止查理想到堂姊嗎？他們要用花言巧語去陰損人家，表面上恭維，骨子裡詆毀，時時刻刻說些似乎天真而別有用心的話：那巴黎人是否能夠抵抗這些手段，不上他們的當呢？

等到堂屋裡只剩下四個家屬的時候，葛朗臺對侄兒說道：

「該睡覺了。夜深了，你到這裡來的事不能再談了，明天再挑個合適的時間吧。我們八點吃早飯，中午隨便吃一點水果跟麵包，喝一杯白酒，五點吃晚飯，像巴黎人一樣。這是我們的規矩。你想到城裡城外去玩吧，儘管自便。原諒我很忙，沒有工夫老是陪你。說不定你會到處聽見人家說我有錢：這裡是葛朗臺先生，那裡又是葛朗臺先生。我讓他們說，這些廢話不會破壞我的信用。可是我實在沒有錢，到了這個年紀，還像做夥計的一樣，全部家當只有一雙手和一把蹩腳鉋子。你不久或者自己會明白，要流著汗去掙一個錢是多麼辛苦。喂，拿儂，把蠟燭拿來。」

「侄兒，我想你屋子裡用的東西大概都齊了，」葛朗臺太太說，「缺少什麼，儘管吩咐拿儂。」

「不會吧，伯母，我什麼都帶齊的！希望你跟姊姊都睡得好。」

查理從拿儂手裡接過一支點著的白燭，安茹城裡的貨色，鋪子裡放久了，顏色發黃，初看跟蠟燭差不多。葛朗臺根本想不到家裡有白燭，也就不曾發覺這件奢侈品。

「我來帶路。」他說。

照例應當從大門裡面的環洞中出去，葛朗臺卻鄭重其事的，走堂屋與廚房之間的過道上樓。過道與樓梯中間隔著一扇門，嵌著橢圓形的大玻璃，擋一下樓梯洞裡的寒氣。但是到了冬天，雖然堂屋的門，上下四周都釘著絨布條子，照樣有尖厲的冷風鑽進來，使裡面不容易保持相當的溫度。

拿儂把大門上鎖，關起堂屋，到馬房裡放出那條聲音老是發嗄，彷彿害什麼喉頭炎似的狼狗。這畜生凶猛無比，只認得拿儂一人。他們都是鄉下出身，所以彼此瞭解。查理看到樓梯間牆壁發黃，到處是煙熏的痕跡，扶手全給蟲蛀了的樓梯，在伯父沉重的腳下顫抖，他的美夢更加吹得無影無蹤了。他疑心自己走進了一座雞棚，不由得轉身望望他的伯母與堂姊。她們卻是走慣這座樓梯的，根本沒有猜到他為什麼驚訝，還以為他表示親熱，便對他很愉快的一笑，越發把他氣壞了。

「父親送我到這兒來見什麼鬼呀！」他心裡想。

到了樓上，他看見三扇土紅色的門，沒有門框子，嵌在剝落的牆壁裡，釘著兩頭作火舌形的鐵條，就像長長的鎖眼兩端的花紋。正對樓梯的那扇門，一望而知是堵死了的。這間屋正好在廚房上面，只能從葛朗臺的臥房進去，是他辦事的密室，獨一無二的窗洞臨著院子，裝著粗大的鐵柵。

這間房，不用說別人，連葛朗臺太太都不准進去，他要獨自守在裡面，好似煉丹師守護丹爐一般。這兒，他準是很巧妙的安排下什麼密窟，藏著田契屋契之類，掛著秤金路易的天平，更深夜靜的躲在這裡寫憑據、收條，作種種計算。所以一班生意人永遠看到葛朗臺樣樣都有準備，以為他有什麼鬼使神差供他驅遣似的。

當拿儂打鼾的聲音震動樓板，狼狗在院中巡邏，打呵欠，歐也妮母女倆沉沉酣睡的時候，老箍桶匠一定在這裡瞇著眼睛看黃金，摩挲把玩，裝入桶內，加上箍套。密室的牆壁既厚實，護窗也嚴密。鑰匙只有他一個人有。據說他還在這裡研究圖樣，上面連果樹都注明的，他核算他的出產，數字的準確至多是一根葡萄秧一捆柴上下。

這扇堵死的門對面是歐也妮的房門。樓梯道的盡頭是老夫婦倆的臥室，占據了整個前樓的地位。葛朗臺太太和女兒的屋子是相連的，中間隔一扇玻璃門。葛朗臺和太太的兩間臥室，有板壁分隔，密室與他的臥房之間是厚實的牆。

葛朗臺老頭把侄兒安置在三樓上，那間高爽的頂樓正好在他的臥室上面，如果侄兒高興起來在房內走動，他可以聽得清清楚楚。

歐也妮和母親走到樓梯道中間，互相擁抱道別。她又對查理說了幾句告別的話，在嘴上很冷淡，在姑娘的心裡一定是很熱的。然後她們各自進房。

「這是你的臥房了，侄兒，」葛朗臺一邊開門一邊說，「要出去，先叫拿儂。沒有她，對不起！咱們的狗會一聲不響把你吃掉。好好睡吧。再見。嗨！嗨！母女倆給你生了火啦。」

這時長腳拿儂提著腳爐進來了。

「哦，又是一個！」葛朗臺說，「你把我侄兒當作臨產的女人嗎？把腳爐拿下去，拿儂！」

「先生，被單還潮呢，再說，侄少爺真是嬌嫩得像女人一樣。」

「也罷，既然你存心討好他，」葛朗臺把她的肩膀一推，「可是留神，別失火。」吝嗇鬼一路下樓，不知嘟囔些什麼。

查理站在行李堆中愣住了。這間頂樓上的臥房，那種黃底小花球的糊壁紙，像小旅館裡用的；粉石的壁爐架，線條像溝槽一般，望上一眼就教你發冷；黃椅子的草坐墊塗過油，似乎不止有四個角；床几的大肚子打開著，容得下一個輕騎兵；稀薄的腳毯上面是一張有頂的床，滿是蛀洞的帳幔搖搖欲墜。查理一件件的看過了，又一本正經的望著長腳拿儂，說道：

「嗨！嗨！好嫂子，這當真是葛朗臺先生的府上嗎，當過索漠市長、巴黎葛朗臺先生的哥哥嗎？」

「對呀，先生，一個多可愛，多和氣，多好的老爺哪。要不要幫你打開箱子？」

「好啊，怎麼不要呢，我的兵大爺！你沒有在御林軍中當過水手嗎？」

「噢！噢！噢！噢！」拿儂叫道，「什麼？御林軍的水手？淡的還是鹹的？走水路的嗎？」

「來，把鑰匙拿去，在這口提箱裡替我把睡衣找出來。」

一件金線繡花古式圖案的綠綢睡衣，把拿儂看呆了。

「你穿了這個睡覺嗎？」

「是呀。」

「哎喲！聖母馬利亞！披在祭壇上做桌圍才合適呢。我的好少爺，把它捐給教堂吧，包你上天堂，要不然你的靈魂就沒有救啦。噢！你穿了多好看。我要叫小姐來瞧一瞧。」

「喂，拿儂，別嚷，好不好？讓我睡覺，我明天再來整東西。你看中我的睡衣，就讓你拿去救你的靈魂吧。我是誠心的基督徒，臨走一定留下來，你愛怎辦就怎辦吧。」

拿儂呆呆的站在那裡，端詳著查理，不敢相信他的話。

「把這件漂亮衣衫給我？」她一邊走一邊說，「他已經在說夢話了，這位少爺。明天見。」

「明天見，拿儂。」

查理入睡之前又想：「我到這裡來幹什麼呢？父親不是呆子，教我來必有目的。好吧，『正經事，明天想』，不知哪個希臘的笨伯說的。」

歐也妮祈禱的時候忽然停下來想道：「聖母馬利亞，多漂亮呀，這位堂弟！」這天晚上她的禱告就沒有做完。

葛朗臺太太臨睡的時候一點念頭都沒有。從板壁正中的小門中間，她聽見老頭子在房內踱來踱去。像所有膽小的女人一樣，她早已識得老爺的脾氣。海鷗預知雷雨，她也能從微妙莫測的徵兆上面，預感到葛朗臺心中的風暴，於是就像她自己所說的，她裝著假死。

葛朗臺望著那扇裡面有鐵板的密室的門，想：

「虧我兄弟想得出，把兒子送給我！嘿，這筆遺產才有趣哩！我可是沒有一百法郎給他。而且一百法郎對這個花花公子中什麼用？他拿手眼鏡照我晴雨錶的氣概，就像要放一把火把它燒掉似的。」

葛朗臺想著那份痛苦的遺囑可能發生的後果，心緒也許比兄弟寫的時候還要亂。

「我真的會到手這件金線衣衫嗎？……」拿儂自言自語的說。她睡熟的時候，已經穿上了祭壇的桌圍，破天荒第一遭的夢見許多鮮花、地毯、綾羅綢緞，正如歐也妮破天荒第一遭的夢見愛情。

外省的愛情

少女純潔而單調的生活中，必有一個美妙的時間，陽光會流入她們的心坎，花會對她們說話，心的跳動會把熱烈的生機傳給頭腦，把意念融為一種渺茫的欲望，真是哀而不怨、樂而忘返的境界！兒童睜眼看到世界就笑，少女在大自然中發現感情就笑，像她兒時一樣的笑。要是光明算得人生第一個戀愛對象，那麼戀愛不就是心的光明嗎？歐也妮終於到了把世界上的東西看明白的時候了。

跟所有外省姑娘一樣，她起身很早，禱告完畢，開始梳妝，從今以後梳妝是有意義的事情了。她先把栗色的頭髮梳光，很仔細的把粗大的辮子盤上頭頂，不讓零星短髮從辮子裡散出來，髮髻的式樣改成對稱，越發烘托出她一臉的天真與嬌羞，頭飾的簡樸與面部線條的單純配得很調和。

拿清水洗了好幾次手，那是平日早已浸得通紅，皮膚也變得粗糙了的，她望著一雙滾圓的手臂，私忖堂弟怎麼能把手養得又軟又白，指甲修得那麼好看。她換上新襪，套上最體面的鞋子，一口氣束好了胸，一個眼子都沒有跳過。總之，她有生以來第一次希望自己顯得漂亮，第一次懂得有一件裁剪合身、使她惹人注目的新衣衫的樂趣。

穿扮完了，她聽見教堂的鐘聲，很奇怪的只數到七下，因為想要有充分的時間梳妝，不覺的起得太早了。她既不懂一捲頭髮可以做上十來次，來研究它的效果，就只能老老實實抱著手臂，坐在窗下望著院子、小園和城牆上居高臨下的平臺。一派淒涼的景色，也望不到遠處，但也不無那種神祕的美，為冷靜的地方或荒涼的野外所特有的。

廚房旁邊有口井，圍著井欄，轆轤吊在一個彎彎的鐵杆上。繞著鐵杆有一株葡萄藤，那時枝條已經枯萎、變紅，蜿蜒曲折的蔓藤從這兒爬上牆，沿著屋子，一直伸展到柴房頂上。堆在那裡的木柴，跟藏書家的圖書一樣整齊。院子裡因為長著青苔、野草，無人走動，日子久了，石板都是黑黝黝的。厚實的牆上披著綠蔭，波浪似的掛著長長的褐色枝條。院子底上，通到花園門有八級向上的石磴，東倒西歪，給高大的植物掩沒了，好似十字軍時代一個寡婦埋葬她騎士的古墓。剝落的石基上面，豎著一排腐爛的木柵，一半已經毀了，卻還布滿各種藤蘿，亂七八糟的扭作一團。

柵門兩旁，伸出兩株瘦小的蘋果樹椏枝。園中有三條平行的小徑，鋪有細砂。小徑之間是花壇，四周種了黃楊，藉此堵住花壇的泥土。園子底上是一片菩提樹蔭，靠在平臺腳下。一頭是些楊梅樹，另一頭是一株高大無比的胡桃樹，樹枝一直伸到箍桶匠的密室外面。那日正是清朗的天氣，碰上羅亞爾河畔秋天常有的好太陽，使鋪在幽美的景物、牆垣、院子和花園裡樹木上的初霜，開始融化。

歐也妮對那些素來覺得平淡無奇的景色，忽而體會到一種新鮮的情趣。千思百念，渺渺茫茫的在心頭湧起，外界的陽光一點點的照開去，胸中的思緒也越來越多。她終於感到一陣模糊的、說不出的愉快把精神包圍了，猶如外界的物體給雲霧包圍了一樣。她的思緒，跟這奇特的風景連細枝小節都配合上了，心中的和諧與自然界的融成一片。一堵牆上掛著濃密的鳳尾草，草葉的顏色像鴿子的頸項一般時刻變化。陽光照到這堵牆上的時候，彷彿天國的光明照出了歐也妮將來的希望。從此她就愛這堵牆，愛看牆上的枯草、褪色的花、藍的燈籠花，因為其中有她甜蜜的回憶，跟童年往事一樣。有回聲的院子裡，每逢她心中暗暗發問的時候，枝條上每張落葉的聲響就是回答。她可能整天待在這裡，不覺得時光飛逝。

然後她又心中亂糟糟的騷動起來，不時站起身子，走過去照鏡子，好比一個有良心的作家打量自己的作品，想吹毛求疵的挑剔一番。

「我的相貌配不上他！」

這是歐也妮的念頭，又謙卑又痛苦的念頭。可憐的姑娘太瞧不起自己了。可是謙虛，或者不如說懼怕，的確是愛情的主要德性之一。像歐也妮那樣的小布爾喬亞，都是身體結實，美得有點俗氣的。可是她雖然跟米洛斯島上的愛神[1]相仿，卻有一股雋永的基督徒氣息，把她的外貌變得高雅、淨化，有點靈秀之氣，為古代雕刻家沒有見識過的。

她的腦袋很大，前額帶點男相，可是很清秀，像菲迪亞斯[2]的丘比特雕像，貞潔的生活使她灰色的眼睛光芒四射。圓臉上嬌嫩紅潤的線條，生過天花之後變得粗糙了，幸而沒有留下痘瘢，只去掉了皮膚上絨樣的那一層，但依舊那麼柔軟細膩，會給媽媽的親吻留下一道紅印。她的鼻子大了一點，可是配上朱紅的嘴巴倒很合適，滿是紋縷的嘴唇，顯出無限的深情與善意。脖子是滾圓的。遮得密不透風的飽滿的胸部，惹起人家的注意與幻想。當然她因為裝束的關係，缺少一點嫵媚，但在鑒賞家心目中，那個不甚靈活的姿態也別有風韻。

所以，高大壯健的歐也妮並沒有一般人喜歡的那種漂亮，但她的美是一望而知的，

1 米洛斯島的愛神為希臘許多愛神雕像之一，特點在於體格健美，表情寧謐。
2 西元前五世紀希臘大雕刻家。

只有藝術家才會傾倒的。有的畫家希望在塵世找到聖潔如馬利亞那樣的典型：眼神要像拉斐爾所揣摩到的那麼不亢不卑，而理想中的線條，又往往是天生的，只有基督徒貞潔的生活才能培養、保持。醉心於這種理想典型的畫家，會發現歐也妮臉上就有種天生的高貴，連她自己都不曾覺察的：安靜的額角下面，藏著整個的愛情世界，眼睛的模樣、眼皮的動作，有股說不出的神明的氣息。她的線條，面部的輪廓，從沒有為了快樂的表情而有所改變、而顯得疲倦，彷彿平靜的湖邊，水天相接之處那些柔和的線條。恬靜、紅潤的臉色，光彩像一朵盛開的花，使你心神安定，感覺到它那股精神的魅力，不由不凝眸注視。

歐也妮還在人生的邊上給兒童的幻象點綴得花團錦簇，還在天真爛漫的，採朵雛菊占卜愛情的階段。她並不知道什麼叫做愛情，只照著鏡子想：「我太醜了，他看不上我的！」

隨後她打開正對樓梯的房門，探著脖子聽屋子裡的聲音。她聽見拿儂早上例有的咳嗽，走來走去，打掃堂屋，生火，縛住狼狗，在牛房裡對牲口說話。她想：

「他還沒有起來呢。」

她立刻下樓，跑到正在擠牛奶的拿儂前面。

「拿儂，好拿儂，做些奶油給堂弟喝咖啡吧。」

「嗳，小姐，那是要前一天做起來的，」拿儂大笑著說，「今天我沒法做奶油了。哎，你的堂弟生得標緻、標緻，真標緻。你沒瞧見他穿了那件金線紡綢睡衣的模樣呢。嗯，我瞧見了。他細潔的襯衫跟本堂神甫披的白祭衣一樣。」

「拿儂，那麼咱們弄些千層餅吧。」

「烤爐用的木柴誰給呢？還有麵包，還有牛油？」拿儂說。她以葛朗臺先生的總管資格，有時在歐也妮母女的心目中特別顯得有權有勢。「總不成為了款待你堂弟，偷老爺的東西。你可以問他要牛奶、麵粉、木柴，他是你的爸爸，會給你的。哦，他下樓招呼食糧來啦……」

歐也妮聽見樓梯在父親腳下震動，嚇得往花園裡溜了。一個人快樂到極點的時候，往往——也許不無理由——以為自己的心思全擺在臉上，給人家一眼就會看透。這種過分的羞怯與心虛，對歐也妮已經發生作用。可憐的姑娘終於發覺了自己的屋子冷冰冰的一無所有，怎麼也配不上堂弟的風雅，覺得很氣惱。她很熱烈的感到非給他做點什麼不可。做什麼呢？不知道。天真、老實，她聽憑純樸的天性自由發揮，並沒對自己的印象和情感有所顧慮。

一看見堂弟，女性的傾向就在她心中覺醒了，而且來勢特別猛烈，因為到了二十三歲，她的智力與欲望都已經達到高峰。她第一次見了父親害怕，悟出自己的命運原來操在他的手裡，認為有些心事瞞著他是一樁罪過。她腳步匆忙的在那裡走，很奇怪的覺得空氣比平時新鮮，陽光比平時更有生氣，給她精神上添了些暖意，給了她新生命。

她正在想用什麼計策弄到千層餅，長腳拿儂和葛朗臺卻鬥起嘴來。他們之間的吵架是像冬天的燕子一樣少有的。老頭子拿了鑰匙預備分配當天的食物，問拿儂：

「昨天的麵包還有得剩嗎？」

「連小屑屑都沒有了，先生。」

葛朗臺從那個安茹地方做麵包用的平底籃裡，拿出一個糊滿麵粉的大圓麵包，正要動手去切，拿儂說：

「咱們今天是五個人吃飯呢，先生。」

「不錯，」葛朗臺回答，「可是這個麵包有六磅重，還有得剩呢。這些巴黎人簡直不吃麵包，你等會瞧吧。」

「他們只吃『餡子』嗎？」拿儂問。

在安茹一帶，俗語所說的「餡子」，是指塗在麵包上的東西，包括最普通的牛油到最貴族化的桃子醬。凡是小時候舐光了餡子把麵包剩下來的人，必定懂得上面那句話的意思。

「不，」葛朗臺回答，「他們既不吃餡子，也不吃麵包，就像快要出嫁的姑娘一樣。」他吩咐了幾樣頂便宜的菜，關起雜貨櫃正要走向水果房，拿儂把他攔住了說：

「先生，給我一些麵粉跟牛油，替孩子們做一個千層餅吧。」

「為了我的侄兒，你想毀掉我的家嗎？」

「為你的侄兒，我並不比為你的狗多費什麼心，也不見得比你自己多費心……你瞧，你只給我六塊糖！我要八塊呢。」

「哎唷！拿儂，我從來沒看見你這個樣子，這算什麼意思？你是東家嗎？糖，就只有六塊。」

「那麼侄少爺的咖啡裡放什麼？」

「兩塊嘍，我可以不用的。」

「在你這個年紀不用糖？我掏出錢來給你買吧。」

「不相干的事不用你管。」

那時糖雖然便宜，老箍桶匠始終覺得是最珍貴的舶來品，要六法郎一磅。帝政時代大家不得不節省用糖，在他卻成了牢不可破的習慣。所有的女人，哪怕是最蠢的，都會用手段來達到她們的目的：拿儂丟開了糖的問題，來爭取千層餅了。

「小姐，」她隔著窗子叫道，「你不是要吃千層餅嗎？」

「不要，不要。」歐也妮回答。

「好吧，拿儂，」葛朗臺聽見了女兒的聲音，「拿去吧。」他打開麵粉櫃舀了一點給她，又在早先切好的牛油上面補了幾兩。

「還要烤爐用的木柴呢。」拿儂毫不放鬆。

「你要多少就拿多少吧，」他無可奈何的回答，「可是你得給我們做一個水果餅，晚飯也在烤爐上煮，不用生兩個爐子了。」

「嘿！那還用說！」

葛朗臺用著差不多像慈父一般的神氣，對忠實的管家望了一眼。

「小姐，」廚娘嚷道，「咱們有千層餅吃了。」

葛朗臺捧了許多水果回來，先把一盆的量放在廚房桌上。

「你瞧，先生，」拿儂對他說，「侄少爺的靴子多好看，什麼皮呀！多好聞哪！拿什麼東西上油呢？要不要用你雞蛋清調的鞋油？」

「拿儂，我怕蛋清要弄壞這種皮的。你跟他說不會擦摩洛哥皮就是了……不錯，這是摩洛哥皮，他自己會到城裡買鞋油給你的。聽說那種鞋油裡面還摻白糖，教它發亮呢。」

「這麼說來，還可以吃的了？」拿儂把靴子湊近鼻尖，「呦！呦！跟太太的古龍水一樣香！好玩！」

「好玩！靴子比穿的人還值錢，你覺得好玩？」

他把水果房鎖上，又回到廚房。

「先生，」拿儂問，「你不想一禮拜來一兩次砂鍋，款待款待你的……」

「行。」

「那麼我得去買肉了。」

「不用。你慢慢給我們燉個野味湯，佃戶不會讓你閒著的。不過我得關照高諾阿萊打幾隻烏鴉，這個東西煮湯再好沒有了。」

「可是真的，先生，烏鴉是吃死人的？」

「你這個傻瓜，拿儂！烏鴉還不是跟大家一樣有什麼吃什麼。難道我們就不吃死人了嗎？什麼叫做遺產呢？」

葛朗臺老頭沒有什麼吩咐了，掏出錶來，看到早飯之前還有半點鐘工夫，便拿起帽子擁抱了一下女兒，對她說：

「你高興上羅亞爾河邊遛遛嗎，到我的草原上去？我在那邊有點事。」

歐也妮跑去戴上繫有粉紅緞帶的草帽，然後父女倆走下七轉八彎的街道，直到廣場。

「一大早去哪裡呀？」公證人克羅旭遇見了葛朗臺問。

「有點事。」老頭子回答，心裡也明白為什麼他的朋友清早就出門。

當葛朗臺老頭有點事的時候，公證人憑以往的經驗，知道準可以跟他弄到些好處，因此就陪了他一塊兒走。

「你來，克羅旭，」葛朗臺說，「你是我的朋友，我要向你證明，在上好的土地上種白楊是多麼傻……」

「這麼說來，羅亞爾河邊那塊草原給你掙的六萬法郎，就不算一回事嗎？」克羅旭眨巴著眼睛問，「你還不夠運氣？……樹木砍下的時候，正碰上南特城裡白木奇缺，賣到三十法郎一株。」

歐也妮聽著，可不知她已經臨到一生最重大的關頭，至高至上的父母之命，馬上要由公證人從老人嘴裡逼出來了。

葛朗臺到了羅亞爾河畔美麗的草原上，三十名工人正在收拾從前種白楊的地方，把它填土，挑平。

「克羅旭先生，你來看一株白楊要占多少地。」他提高嗓子喚一個工人：「約翰，拿尺來把四……四……四邊量……量……一下！」

工人量完了說：「每邊八呎。」

「那就是糟蹋了三十二呎地，」葛朗臺對克羅旭說，「這一排上從前我有三百株白楊，是不是？對了……三百……乘三……三十二……呎……就……就……就是五……五……五百棵乾草；加上兩旁的，一千五；中間的幾排又是一千五。就……就算一千堆乾草吧。」

「像這類乾草，」克羅旭幫著計算道，「一千堆值到六百法郎。」

「算……算……算它一千兩百法郎，因為割過以後再長出來的，還好賣到三四百法郎。那麼，你算算一年一千……千……兩百法郎，四十年……下……下……下來該有多多多多少，加上你……你知道的利……利……利上滾利。」

「一起總該有六萬法郎吧。」公證人說。

「得啦！只……只有六萬法郎是不是？」老頭子往下說，這一回可不再結結巴巴了，「不過，兩千株四十年的白楊還賣不到五萬法郎，這不就是損失？給我算出來嘍，」

葛朗臺說到這裡，大有自命不凡之概。「約翰，你把坑洞都填平，只留下河邊的那一排，把我買來的白楊種下去。種在河邊，它們就靠公家長大了。」他對克羅旭補上這句，鼻子上的肉瘤微微扯動一下，彷彿是挖苦得最凶的冷笑。

「當然嘍，白楊只好種在荒地上。」克羅旭這麼說，心裡給葛朗臺的算盤嚇住了。

「可不是，先生！」老箍桶匠帶著譏諷的口吻。

歐也妮只顧望著羅亞爾河邊奇妙的風景，沒有留神父親的計算，可是不久克羅旭對她父親說的話，引起了她的注意：

「哎，你從巴黎招了一個女婿來啦，全索漠都在談論你的侄兒。快要叫我立婚書了吧，葛老頭？」

「你……你……你清……清……清早出來，就……就……就是要告訴我這個嗎？」葛朗臺說這句話的時候，扯動著肉瘤，「那麼，老……老兄，我不瞞你，你……你要知道的，我可以告訴你。我寧可把……把……女……女……女兒丟在羅亞爾河裡，也……也不願把……把她給……給她的堂……堂……堂弟。你不……不……不妨說給人人……人……人家聽。啊，不必，讓他……他們去胡……胡……胡扯吧。」

這段話使歐也妮一陣眼花。遙遠的希望剛剛在她心裡萌芽，就開花，長成，結成一個花球，現在她眼看著剪成一片片的，扔在地下。從前夜起，促成兩心相契的一切幸福的聯繫，已經使她捨不得查理，從今以後，卻要由苦難來加強他們的結合了。

苦難的崇高與偉大，要由她來擔受，幸運的光華與她無緣，這不就是女子的莊嚴的命運嗎？父愛怎麼會在她父親心中熄滅的呢？查理犯了什麼滔天大罪呢？不可思議的問題！她初生的愛情已經夠神祕了，如今又包上了一團神祕。

她兩腿哆嗦著回家，走到那條黝黑的老街，剛才是那麼喜氣洋洋的，此刻卻一片荒涼，她感到了時光流轉與人事牢牢留在那裡的淒涼情調。愛情的教訓，她一樁都逃不了。

到了離家只有幾步路的地方，她搶著上前敲門，在門口等父親。葛朗臺瞥見公證人拿著原封未動的報紙，便問：

「公債行情怎麼樣？」

「你不肯聽我的話，葛朗臺，」克羅旭回答說，「趕緊買吧，兩年之內還有兩成可賺，並且利率很高，八萬法郎有五千息金。行市是八十法郎五十生丁。」

「慢慢再說吧。」葛朗臺摸著下巴。

公證人展開報紙，忽然叫道：「我的天！」

「什麼事？」葛朗臺這麼問的時候，克羅旭已經把報紙送在他面前，說：「你念吧。」

巴黎商界鉅子葛朗臺氏，昨日照例前往交易所，不料返寓後突以手槍擊中腦部，自殺殞命。死前曾致書眾議院議長及商事裁判所所長，辭去本兼各職。聞葛氏破產，係受經紀人蘇希及公證人洛庚之累。以葛氏地位及平素信用而論，原不難於巴黎商界中獲得支援，徐圖挽救；詎一時情急，遽爾出此下策，殊堪惋惜……

「我早知道了。」老頭子對公證人說。

克羅旭聽了這話，抽了一口冷氣。雖然當公證人的都有鎮靜的功夫，但想到巴黎的葛朗臺也許央求過索漠的葛朗臺而被拒絕的時候，他不由得背脊發冷。

「那麼他的兒子呢？昨天晚上還多麼高興……」

「他還不知道。」葛朗臺依舊很鎮定。

「再見，葛朗臺先生。」克羅旭全明白了，立刻去告訴特·篷風所長叫他放心。

回到家裡，葛朗臺看到早飯預備好了。葛朗臺太太已經坐在那張有木座的椅子上，編織冬天用的毛線套袖。歐也妮跑過去擁抱母親，熱烈的情緒，正如我們憋著一肚子說不出的苦惱的時候一樣。

「你們先吃吧，」拿儂從樓梯上連奔帶爬的下來說，「他睡得像個小娃娃。閉著眼睛，真好看！我進去叫他，嗨，他一聲也不回。」

「讓他睡吧，」葛朗臺說，「他今天起得再晚，也趕得上聽他的壞消息。」

「什麼事呀？」歐也妮問，一邊把兩小塊不知有幾公克重的糖放入咖啡。那是老頭子閒著沒事的時候切好在那裡的。葛朗臺太太不敢動問，只望著丈夫。

「他父親一槍把自己打死了。」

「叔叔嗎？……」歐也妮問。

「可憐這孩子哪。」葛朗臺太太嚷道。

「對啦，可憐，」葛朗臺接著說，「他一個錢都沒有了。」

「可是他睡的模樣，好像整個天下都是他的呢。」拿儂聲調很溫柔的說。

歐也妮吃不下東西。她的心給揪緊了，就像初次對愛人的苦難表示同情，而全身都為之波動的那種揪心。她哭了。

「你又不認識叔叔，哭什麼？」她父親一邊說，一邊餓虎般的瞪了她一眼，他瞪著成堆的金子時想必也是這種眼睛。

「可是，先生，」拿儂插嘴道，「這可憐的小夥子，誰見了不替他難受呢？他睡得像木頭一樣，還不知道飛來橫禍呢。」

「拿儂，我不跟你說話，別多嘴。」

歐也妮這時才懂得一個動了愛情的女子永遠得隱瞞自己的感情。她不做聲了。

「希望你，太太，」老頭子又說，「我出去的時候對他一字都不用提。我要去把草原上靠大路一邊的土溝安排一下。我中飯時候回來跟侄兒談。至於你，小姐，要是你為了這個花花公子哭，這樣也夠了。他馬上要到印度去，休想再看見他。」

父親從帽子旁邊拿起手套，像平時一樣不動聲色的戴上，交叉著手指把手套扣緊，出門了。

歐也妮等到屋子裡只剩她和母親兩個的時候，嚷道：

「啊！媽媽，我要死了。我從來沒有這麼難受過。」

葛朗臺太太看見女兒臉色發白，便打開窗子教她深呼吸。

「好一點了。」歐也妮過了一會說。

葛朗臺太太看到素來很冷靜很安定的歐也妮，一下子居然神經刺激到這個田地，她憑著一般母親對於孩子的直覺，馬上猜透了女兒的心思。事實上，歐也妮母女倆的生命，比兩個肉體連在一塊的匈牙利孿生姊妹[3]還要密切，她們永遠一起坐在這個窗洞底下，一起上教堂，睡在一座屋子裡，呼吸著同樣的空氣。
「可憐的孩子！」葛朗臺太太把女兒的頭摟在懷裡。
歐也妮聽了這話，仰起頭來望了望母親，揣摩她心裡是什麼意思，末了她說：
「幹嘛要送他上印度去？他遭了難，不是正應該留在這裡嗎？他不是我們的骨肉嗎？」
「是的，孩子，應該這樣。可是父親有父親的理由，應當尊重。」
母女倆一聲不響的坐著，重新拿起活計，一個坐在有木座子的椅上，一個坐在小靠椅裡。歐也妮為了感激母親深切的諒解，吻著她的手說：
「你多好，親愛的媽媽！」
這兩句話使母親那張因終身苦惱而格外憔悴的老臉，有了一點光彩。
「你覺得他好嗎？」歐也妮問。
葛朗臺太太只微微笑了一下，過了一會她輕輕的說：
「你已經愛上他了是不是？那可不好。」

3 匈牙利孿生姊妹生於一七〇一年，在歐洲各地展覽，後送入修院，到二十一歲上死去。

「不好？為什麼不好？」歐也妮說，「你喜歡他，拿儂喜歡他，為什麼我不能喜歡他？喂，媽媽，咱們擺起桌子來預備他吃早飯吧。」

她丟下活計，母親也跟著丟下，嘴裡卻說：

「你瘋了！」

但她自己也跟著發瘋，彷彿證明女兒並沒有錯。

歐也妮叫喚拿儂。

「又是什麼事呀，小姐？」

「拿儂，奶油到中午可以弄好了吧？」

「啊！中午嗎？好，好。」老媽子回答。

「還有，他的咖啡要特別濃，我聽見臺·格拉桑說，巴黎人都喝很濃的咖啡。你得多放一些。」

「哪裡來這麼些咖啡？」

「去買呀。」

「給先生碰到了怎麼辦？」

「不會，他在草原上呢。」

「那麼讓我快點去吧。不過番查老闆給我白燭的時候，已經問咱們家裡是不是三王來朝了。這樣的花錢，滿城都要知道嘍。」

「你父親知道了，」葛朗臺太太說，「說不定要打我們呢。」

「打就打吧，咱們跪在地下挨打就是。」

葛朗臺太太一言不答，只抬起眼睛望望天。拿儂戴上頭巾，出去了。歐也妮鋪上白桌布，又到頂樓上把她好玩地吊在繩上的葡萄摘下幾串。她在走廊裡躡手躡腳的，唯恐驚醒了堂弟，又禁不住把耳朵貼在房門上，聽一聽他平勻的呼吸，心裡想：

「真叫作無事家中臥，禍從天上來。」

她從葡萄藤上摘下幾張最綠的葉子，像侍候筵席的老手一般，把葡萄裝得那麼惹看，然後得意揚揚的端到飯桌上。在廚房裡，她把父親數好的梨全部擄掠了來，在綠葉上堆成一座金字塔。她走來走去，蹦蹦跳跳，恨不得把父親的家傾箱倒篋的搜括乾淨，可是所有的鑰匙都在他身上。拿儂揣著兩個鮮蛋回來了。歐也妮一看見蛋，簡直想跳上拿儂的脖子。

「我看見朗特的佃戶籃裡有雞蛋，就問他要，這好小子，為了討好我就給我了。」

歐也妮把活計放下了一二十次，去看煮咖啡，聽堂弟的起床和響動。這樣花了兩小時的心血，她居然端整好一頓早餐，很簡單，也不多花錢，可是家裡的老規矩已經破壞完了。照例午餐是站著吃的，各人不過吃一些麵包、一個水果，或是一些牛油，外加一杯酒。

現在壁爐旁邊擺著桌子，堂弟的刀叉前面放了一張靠椅，桌上擺了兩盆水果，一個蛋盅，一瓶白酒，麵包，襯碟內高高的堆滿了糖：歐也妮望著這些，想到萬一父親這時候回家瞪著她的那副眼光，不由得四肢哆嗦。因此她一刻不停的望著鐘，計算堂弟是否能夠在父親回來之前用完早餐。

「放心，歐也妮，要是你爸爸回來，一切歸我擔當。」葛朗臺太太說。

歐也妮忍不住掉下一滴眼淚，叫道：

「哦！好媽媽，怎麼報答你呢？」

查理哼呀唱呀，在房內不知繞了多少轉，終於下樓了。還好，時間不過十一點。這巴黎人！他穿扮的花俏，彷彿在蘇格蘭的哪位貴婦人爵府上作客。他進門時那副笑盈盈的怪和氣的神情，配上青春年少多麼合適，教歐也妮看了又快活又難受。意想中伯父的行宮別墅，早已成為空中樓閣，他卻嘻嘻哈哈的滿不在乎，很高興的招呼他的伯母：

「伯母，你昨夜睡得好嗎？還有你呢，姊姊？」

「很好，侄少爺，你自己呢？」葛朗臺太太回答。

「我嘛？睡得好極了。」

「你一定餓了，弟弟，」歐也妮說，「來用早點吧。」

「中午以前我從來不吃東西，那時我才起身呢。不過路上的飯食太壞了，不妨隨便一點，而且……」

說著他掏出寶璣製造的一支最細巧的平底錶。

「咦，只有十一點，我起早了。」

「早了？……」葛朗臺太太問。

「是呀，可是我要整東西。也罷，有東西吃也不壞，隨便什麼都行，家禽囉，鷓鴣囉。」

「啊，聖母馬利亞！」拿儂聽了不禁叫起來。

「鷓鴣。」歐也妮心裡想，她恨不得把全部私蓄去買一隻鷓鴣。

「這裡坐吧。」伯母招呼他。

花花公子懶洋洋的倒在靠椅中，好似一個漂亮女子擺著姿勢坐在一張半榻上。歐也妮和母親端了兩張椅子在壁爐前面，坐在他旁邊。

「你們終年住在這裡嗎？」查理問。他發覺堂屋在白天比在燈光底下更醜了。

「是的，」歐也妮望著他回答，「除非收割葡萄的時候，我們去幫一下拿儂，住在諾阿伊哀修道院裡。」

「你們從來不出去晃晃嗎？」

「有時候，星期日做完了晚禱，天晴的話，」葛朗臺太太回答，「我們到橋邊去，或者在割草的季節去看割草。」

「這裡有戲院沒有？」

「看戲！」葛朗臺太太嚷道，「看戲子！哎喲，侄少爺，難道你不知道這是該死的罪孽嗎？」

「喂，好少爺，」拿儂捧著雞蛋進來說，「請你嘗嘗帶殼子雞。」

「哦！新鮮的雞蛋？」查理叫道。他正像那些慣於奢華的人一樣，已經把他的鷓鴣忘掉了，「好極了！可有些牛油嗎，好嫂子？」

「啊！牛油！那麼你們不想吃千層餅了？」老媽子說。

「把牛油拿來，拿儂！」歐也妮叫道。

少女留神瞧著堂弟把麵包切成小塊，覺得津津有味，正如巴黎最多情的女工，看一齣好人得勝的戲一樣。查理受過極有風度的母親教養，又給一個時髦女子琢磨過了，的確有些愛嬌而文雅的小動作，頗像一個風騷的情婦。

少女的同情與溫柔，真有磁石般的力量。查理一看見堂姊與伯母對他的體貼，覺得那股潮水般向他沖來的感情，簡直沒法抗拒。他對歐也妮又和善又憐愛的瞧了一眼，充滿了笑意。把歐也妮端詳之下，他覺得純潔的臉上線條和諧到極點，態度天真，清朗有神的眼睛閃出年輕的愛情，只有願望而沒有肉欲的成分。

「老實說，親愛的姊姊，要是你盛裝坐在巴黎歌劇院的花樓裡，我敢保證伯母的話沒有錯，你要教男人動心，教女人妒忌，他們全得犯罪呢。」

這番恭維雖然使歐也妮莫名其妙，卻把她的心抓住了，快樂得直跳。

「噢！弟弟，你取笑我這個可憐的鄉下姑娘。」

「要是你識得我的脾氣，姊姊，你就知道我是最恨取笑的人：取笑會使一個人的心乾枯，傷害所有的情感。」

說罷他有模有樣的吞下一小塊塗著牛油的麵包。

「對了，大概我沒有取笑人家的聰明，所以吃虧不少。在巴黎，『他心地好呀』這樣的話，可以把一個人羞得無處容身。因為這句話的意思是『其蠢似牛』。但是我，因為有錢，誰都知道我拿起隨便什麼手槍，三十步外第一下就能打中靶子，而且還是在野地裡，所以沒有人敢開我玩笑。」

「侄兒，這些話就證明你的心好。」

「你的戒指漂亮極了，」歐也妮說，「給我瞧瞧不妨事嗎？」

查理伸手脫下戒指，歐也妮的指尖，和堂弟粉紅的指甲輕輕碰了一下，馬上臉紅了。

「媽媽，你看，多好的手工。」

「噢！多少金子啊。」拿儂端了咖啡進來，說。

「這是什麼？」查理笑著問，他指著一個又高又瘦的土黃色的陶壺，上過釉彩，裡邊搪瓷的，四周堆著一圈灰土，裡面的咖啡沖到面上又往底下翻滾。

「煮滾的咖啡呀。」拿儂回答。

「呵！親愛的伯母，既然我在這兒住，至少得留下些好事做紀念。你們太落伍了！我來教你們怎樣用夏伯太咖啡壺來煮成好咖啡。」

接著他解釋用夏伯太咖啡壺的一套方法。

「哎唷，這樣麻煩，」拿儂說，「要花上一輩子的工夫。我才不高興這樣煮咖啡呢。不是嗎，我煮了咖啡，誰給咱們的母牛割草呢？」

「我來割。」歐也妮接口。

「孩子！」葛朗臺太太望著女兒。

這句話，把馬上要臨到這可憐的年輕人頭上的禍事，提醒了大家，三個婦女一齊閉口，不勝憐憫的望著他，使他大吃一驚。

「什麼事，姊姊？」

歐也妮正要回答，被母親喝住了：

「噓！孩子，你知道父親會對先生說的……」

「叫我查理吧。」年輕的葛朗臺說。

「啊！你名叫查理？多美麗的名字！」歐也妮叫道。

凡是預感到的禍事，差不多全會來的。拿儂、葛朗臺太太和歐也妮，想到老箍桶匠回家就會發抖的，偏偏聽到那麼熟悉的門錘聲響了一下。

「爸爸來了！」歐也妮叫道。

她在桌布上留下了幾塊糖，把糖碟子收了。拿儂把盛雞蛋的盤子端走。葛朗臺太太筆直的站著，像一頭受驚的小鹿。這一場突如其來的驚慌，弄得查理莫名其妙。他問：

「嗨，嗨，你們怎麼啦？」

「爸爸來了呀。」歐也妮回答。

「那又怎麼樣？……」

葛朗臺進來，尖利的眼睛望了望桌子，望了望查理，什麼都明白了。

「啊！啊！你們替侄兒擺酒，好吧，很好，好極了！」他一點都不口吃的說，「貓兒上了屋，耗子就在地板上跳舞啦。」

「擺酒？……」查理暗中奇怪。他想像不到這戶人家的伙食和生活習慣。

「把我的酒拿來，拿儂。」老頭子吩咐。

歐也妮端了一杯給他。他從荷包裡掏出一把面子很闊的牛角刀，割了一塊麵包，拿了一些牛油，很仔細的塗上了，就地站著吃起來。這時查理正把糖放入咖啡。葛朗臺一眼瞥見那麼些糖，便打量著他的女人，她臉色發白的走了過來。他附在可憐的老婆耳邊問：

「哪裡來的這麼些糖？」

「拿儂上番查鋪子買的，家裡沒有了。」

這默默無聲的一幕使三位女人怎樣的緊張，簡直難以想像。拿儂從廚房裡跑出來，向堂屋內張望，看看事情怎麼樣。查理嘗了嘗咖啡，覺得太苦，想再加些糖，已經給葛朗臺收起了。

「侄兒，你找什麼？」老頭子問。

「找糖。」

「沖些牛奶，咖啡就不苦了。」葛朗臺回答。

歐也妮把父親藏起的糖碟子重新拿來放上桌子，聲色不動的打量著父親。真的，一個巴黎女子幫助情人逃走，用嬌弱的手臂拉住從窗口掛到地下的絲繩那種勇氣，也不見得勝過把糖重新放上桌子時歐也妮的勇氣。可是巴黎女子是有酬報的，美麗的手臂上每根受傷的血管，都會由情人用眼淚與親吻來滋潤，用快樂來治療；歐也妮被父親霹靂般的目光瞪著，驚慌到心都碎了，而這種祕密的痛苦，查理是永遠不會得知的。

「你不吃東西嗎，太太？」葛朗臺問他的女人。

可憐的奴隸走過來恭恭敬敬切了塊麵包，撿了一個梨。歐也妮大著膽子請父親吃葡萄：

「爸爸，嘗嘗我的葡萄乾吧！弟弟，也吃一點好不好？這些美麗的葡萄，我特地為你摘來的。」

「哦！再不阻止的話，她們為了你要把索漠城搶光呢，侄兒。你吃完了，咱們到花園裡去，我有事跟你談，那可是不甜的嘍。」

歐也妮和母親對查理瞅了一眼，那種表情，查理馬上懂得了。

「你是什麼意思呢，伯父？自從我可憐的母親去世以後……（說到母親二字他的聲音軟了下來），不會再有什麼禍事的了……」

「侄兒，誰知道上帝想用什麼災難來磨煉我們呢？」他的伯母說。

「咄，咄，咄，咄！」葛朗臺叫道，「又來胡說八道了。侄兒，我看到你這雙漂亮雪白的手真難受。」

他指著手臂盡處那雙羊肩般的手。

「明明是生來撈錢的手！你的教養，卻把我們做公事包放票據用的皮，穿在你腳上。不行哪！不行哪！」

「伯父，你究竟什麼意思？我可以賭咒，簡直一個字都不懂。」

「來吧。」葛朗臺回答。

吝嗇鬼把刀子折起，喝乾了杯中剩下的白酒，開門出去。

「弟弟，拿出勇氣來呀！」

少女的聲調教查理渾身冰凍，他跟著好厲害的伯父出去，焦急得要命。拿儂和歐也妮母女，按捺不住好奇心，一齊跑到廚房，偷偷瞧著兩位演員，那幕戲就要在潮溼的小花園中演出了。伯父跟侄兒先是不聲不響的走著。

說出查理父親的死訊，葛朗臺並沒覺得為難，但知道查理一個錢都沒有了，倒有些同情，私下想怎樣措辭才能把悲慘的事實弄得和緩一些。「你父親死了」這樣的話，沒有什麼大不了，為父的總死在孩子前面。可是「你一點家產都沒有了」這句話，卻包括了世界上所有的苦難。

老頭子在園子中間格格作響的砂徑上已經走到了第三轉。在一生的重要關頭，凡是悲歡離合之事發生的場所，總跟我們的心牢牢的粘在一塊。所以查理特別注意到小園中的黃楊、枯萎的落葉、剝落的圍牆、奇形怪狀的果樹，以及一切別有風光的細節，這些都將成為他不可磨滅的回憶，和這個重大的時間永久分不開。因為激烈的情緒有一種特別的記憶力。

葛朗臺深深呼了一口氣：

「天氣真熱，真好。」

「是的，伯父，可是為什麼？……」

「是這樣的，孩子，」伯父接著說，「我有壞消息告訴你。你父親危險得很……」

「那麼我還在這裡幹嘛？」查理叫道，「拿儂，上驛站去要馬！我總該在這裡弄到一輛車吧。」他轉身向伯父補上一句。可是伯父站著不動。

「車呀馬呀都不中用了。」葛朗臺瞅著查理回答，查理一聲不出，眼睛發呆了。

「是的，可憐的孩子，你猜到了。他已經死了。這還不算，還有更嚴重的事呢，他是用手槍自殺的……」

「我的父親？……」

「是的。可是這還不算。報紙上還有名有分的批評他呢。喔，你念吧。」

葛朗臺拿出問克羅旭借來的報紙，把那段駭人的新聞送在查理眼前。可憐的青年這時還是個孩子，還在極容易流露感情的年紀，他的眼淚湧了出來。

「啊，好啦，」葛朗臺私下想，「他的眼睛嚇了我一跳。現在他哭了，不要緊了。」

「這還不算一回事呢，可憐的侄兒，」葛朗臺高聲往下說，也不知道查理有沒有在聽他，「這還不算一回事呢，你慢慢會忘掉的，可是……」

「不會！永遠不會！爸爸呀！爸爸呀！」

「他把你的家敗光了，你一個錢也沒有了。」

「那有什麼關係？我的爸爸呢？……爸爸！」

圍牆中間只聽見嚎哭與抽噎的聲音淒淒慘慘響成一片，而且還有回聲。三個女人都感動得哭了：眼淚跟笑聲一樣會傳染的。查理不再聽他的伯父說話了，他衝進院子，摸到樓梯，跑到房內橫倒在床上，把被窩蒙著臉，預備躲開了親人痛哭一場。

「讓第一陣暴雨過了再說。」葛朗臺走進堂屋道。這時歐也妮和母親急匆匆的回到原位，抹了抹眼淚，顫巍巍的手指重新做起活計來。「可是這孩子沒有出息，把死人看得比錢還重。」

歐也妮聽見父親對最聖潔的感情說出這種話，不禁打了個寒噤。從此她就開始批判父親了。查理的抽噎雖然沉了下去，在這所到處有回聲的屋子裡仍舊聽得清清楚楚，彷彿來自地下的沉痛的呼號，慢慢的微弱，到傍晚才完全止住。

「可憐的孩子！」葛朗臺太太說。

這句慨歎可出了事。葛朗臺老頭瞅著他的女人，瞅著歐也妮和糖碟子，記起了請倒楣侄兒吃的那頓豐盛的早餐，便站在堂屋中央，照例很鎮靜的說：

「啊！葛朗臺太太，希望你以後不要再亂花錢。我的錢不是給你買糖餵那個小混蛋的。」

「不關母親的事，」歐也妮說，「是我……」

「你成年了就想跟我鬧彆扭是不是？」葛朗臺截住了女兒的話，「歐也妮，你該想一想……」

「父親，你弟弟的兒子在你家裡總不成連……」

「咄，咄，咄，咄！」老箍桶匠這四個字用的全是半音階，「又是我弟弟的兒子呀，又是我的侄兒呀。哼，查理跟咱們什麼相干？他連一個子兒、半個子兒都沒有，他父親破產了。等這花花公子稱心如意的哭夠了，就叫他滾蛋，我才不讓他把我的家攪得天翻地覆呢。」

「父親，什麼叫作破產？」

「破產，」父親回答說，「是最丟人的事，比所有丟人的事還要丟人。」

「那一定是罪孽深重囉，」葛朗臺太太說，「我們的弟弟要入地獄了吧。」

「得了吧，你又來婆婆媽媽的，」他聳聳肩膀，「歐也妮，破產就是竊盜，可是有法律保護的竊盜。人家憑了琪奧默．葛朗臺的信用跟清白的名聲，把口糧交給他，他卻統統吞沒了，只給人家留下一雙眼睛落眼淚。破產的人比攔路的強盜還要不得：強盜攻擊你，你可以防衛，他也拚著腦袋，至於破產的人……總而言之，查理是丟盡了臉。」

這些話一直響到可憐的姑娘心裡，全部說話的分量壓在她心頭。她天真老實的程度，不下於森林中的鮮花嬌嫩的程度，既不知道社會上的教條，也不懂似是而非的論調，更不知道那些騙人的推理。所以她完全相信父親的解釋，不知他是有心把破產說得那麼卑鄙，不告訴她有計畫的破產跟迫不得已的破產是不同的。

「那麼父親，那椿倒楣事你沒有法子阻攔嗎？」

「兄弟並沒有跟我商量，而且他虧空四百萬呢。」

「什麼叫做一百萬，父親？」她那種天真，好像一個要什麼就有什麼的孩子。

「一百萬嗎？」葛朗臺說，「那就是一百萬個二十銅子的錢，五個二十銅子的錢才能湊成五法郎。」

「天哪！天哪！叔叔怎麼能有四百萬呢？法國可有人有這麼幾百萬幾百萬的嗎？」

葛朗臺老頭摸摸下巴，微微笑著，肉瘤似乎脹大了些。

「那麼堂弟怎麼辦呢？」

「到印度去，照他父親的意思，他應該想法子在那裡發財。」

「他有沒有錢上那兒去呢？」

「我給他路費……送他到……是的，送他到南特。」

歐也妮跳上去勾住了父親的脖子。

「啊！父親，你真好，你！」

她擁抱他的那股勁兒，差一點教葛朗臺慚愧，他的良心有些不好過了。

「賺到一百萬要很多時候吧？」她問。

「喔，」箍桶匠說，「你知道什麼叫做一塊拿破崙[4]吧，一百萬就得五萬拿破崙。」

「媽媽，咱們得替他念『九天經』吧？」

「我已經想到了。」母親回答。

「又來了！老是花錢，」父親嚷道，「啊！你們以為家裡幾千幾百的花不完嗎？」

這時頂樓上傳來一聲格外淒慘的悲啼，把歐也妮和她的母親嚇呆了。

「拿儂，上去瞧瞧：別讓他自殺了，」葛朗臺這句話把母女倆聽得臉色發白，他卻轉身吩咐她們：「啊！你們，別胡鬧。我要走了，跟咱們的荷蘭客人打交道去，他們今天動身。過後我得去看克羅旭，談談這些事。」

他走了。葛朗臺帶上大門，歐也妮和母親呼吸都自由了。那天之前，女兒在父親面前從來不覺得拘束，但幾小時以來，她的感情跟思想時時刻刻都在變化。

「媽媽，一桶酒能賣多少法郎？」

「你父親的價錢是一百到一百五十，聽說有時賣到兩百。」

「那麼他有一千四百桶收成的時候……」

「老實說，孩子，我不知道那可以賣到多少，你父親從來不跟我談他的生意。」

「這麼說來，爸爸應該有錢哪。」

「也許是吧。不過克羅旭先生跟我說，他兩年以前買了法勞豐。大概他現在手頭不寬。」

歐也妮對父親的財產再也弄不清了，她的計算便至此為止。

「他連看也沒看到我，那小少爺！」拿儂下樓說，「他躺在床上像條小牛，哭得像瑪德蓮，真想不到！這可憐的好少爺幹嘛這樣傷心呀？」

「我們趕快去安慰安慰他吧，媽媽，等敲門，我們就下樓。」

葛朗臺太太抵抗不了女兒那麼悅耳的聲音。歐也妮變得偉大了，已經是成熟的女人了。

兩個人心裡忐忑的上樓，走向查理的臥房。房門打開在那裡。查理什麼都沒有看見，什麼都沒有聽見。他浸在淚水之中，不成音節的在那裡哼哼唧唧。

「他對他父親多好！」歐也妮輕輕的說。

4 拿破崙為一種金洋，值二十或四十法郎。

這句話的音調，明明顯出她不知不覺已經動了情，存著希望。葛朗臺太太慈祥的望了女兒一眼，附在她耳邊悄悄的說：

「小心，你要愛上他了。」

「愛他！」歐也妮答道，「你沒有聽見父親說的話呢！」

查理翻了一個身，看見了伯母跟堂姊。

「父親死了，我可憐的父親！要是他把心中的苦難告訴我，我跟他兩個可以想法子挽回啊。我的上帝！我的好爸爸！我以為不久就會看到他的，臨走對他就沒有什麼親熱的表示……」

他一陣嗚咽，說不下去了。

「我們為他禱告就是了，」葛朗臺太太說，「你得聽從主的意思。」

「弟弟，勇敢些！父親死了是挽回不來的，現在應該挽回你的名譽……」

女人的本能和乖巧，對什麼事都很機靈，在安慰人家的時候也是如此。歐也妮想教堂弟關切他自己，好減輕一些痛苦。

「我的名譽？」他猛的把頭髮一甩，抱著手臂在床上坐起。

「啊！不錯。伯父說我父親是破產了。」

他淒厲的叫了一聲，把手蒙住了臉。

「你走開，姊姊，你走開！我的上帝，我的上帝！饒恕我的父親吧，他已經太痛苦了。」

年輕人的真實的、沒有計算、沒有做作的痛苦的表現，真是又慘又動人。查理揮手教她們走開的時候，歐也妮和母親兩顆單純的心，都懂得這是一種不能讓旁人參與的痛苦。她們下樓，默默的回到窗下的座位上，不聲不響的工作了一小時。

憑著少女一眼之間什麼都看清了的眼睛，歐也妮早已瞥見堂弟美麗的梳妝用具、金鑲的剪刀和剃刀之類。在痛苦的氣氛中看到這種奢華氣派，使她對比之下更關切查理。母女倆一向過的平靜與孤獨的生活，從來沒有一樁這樣嚴重的事、一個這樣驚心動魄的場面，刺激過她們的幻想。

「媽媽，」歐也妮說，「咱們應該替叔叔戴孝吧。」

「你父親會決定的。」葛朗臺太太回答。

她們又不做聲了。歐也妮一針一針縫著，有規律的動作很可使一個旁觀的人覺察她內容豐富的冥想。這可愛的姑娘第一個願望，是想跟堂弟一起守喪。

四點光景，門上來勢洶洶的敲了一聲，把葛朗臺太太駭得心兒直跳，對女兒說：

「你父親什麼事呀?」

葛朗臺高高興興的進來,脫下手套,兩手拚命的搓,幾乎把皮膚都擦破,幸而他的表皮像俄國皮那樣上過硝似的,只差沒有加過香料。他踱來踱去,一刻不停的看鐘。臨了他心頭的祕密洩露了,一點也不口吃的說:

「告訴你,太太,他們都中了我的計。咱們的酒賣掉了!荷蘭人跟比國人今天動身,我在廣場上閒蕩,在他們的旅館前面,裝作無聊的樣子。你認識的那傢伙就來找我。所有出產好葡萄的人都壓著貨不肯賣,我當然不去阻攔他們。咱們的比國人可是慌了。我看得清清楚楚。結果是兩百法郎一桶成交,一半付現。收到的貨款全是黃金。合約已經簽下,這六個路易是給你的佣金。再過三個月,酒價一定要跌。」

他說最後一句的時候語氣很鎮靜,可是話中帶刺。索漠的人這時擠在廣場上,葛朗臺的酒脫手的消息已經把他們嚇壞了,要是再聽到上面的話,他們一定會氣得發抖。人心的慌亂可能使酒價跌去一半。

「今年你不是有一千桶酒嗎,父親?」歐也妮問。

「是啊,小乖乖。」

這個稱呼是老箍桶匠快樂到了極點的表示。

「可以賣到二十萬法郎嘍？」

「是的，葛朗臺小姐。」

「這樣，父親，你很容易幫查理的忙了。」

當初巴比倫王伯沙撒，看到神祕的手出現在牆上預告他的死亡時，他的憤怒與驚愕也不能跟這時葛朗臺的怒火相比。他早已把侄兒忘得一乾二淨，卻發覺侄兒始終盤踞在女兒心裡，在女兒的計算之中。

「啊，好！這個花花公子一進了我的家，什麼都顛倒了。你們擺闊，買糖果，花天酒地的請客。我可不答應。到了這個年紀，我總該知道怎麼做人了吧！並且也輪不到女兒，輪不到誰來教訓我。應該怎樣對付我的侄兒，我就怎樣對付。不用你們管。——至於你，歐也妮，」他轉過身子對她說，「再不許提到他，要不，我把你跟拿儂一起送到諾阿伊哀修道院去，看我做得到做不到。你再哼一聲，明天就打發你走。——他在哪裡，這孩子？下過樓沒有？」

「沒有，朋友。」葛朗臺太太回答。

「他在幹什麼？」

「哭他的父親哪。」歐也妮回答。

葛朗臺瞪著女兒，想不出話來。他好歹也是父親哪。在堂屋裡轉了兩下，他便急急忙忙上樓，躲進密室去考慮買公債的計畫。連根砍掉的兩千阿爾邦的林木，賣到六十萬法郎，加上白楊，上年和當年的收入，以及最近成交的二十萬法郎買賣，總數大概有九十萬。

公債行情是七十法郎，短時期內好賺兩分利，他很想試一試。他拿起記載兄弟死訊的那張報紙，寫下數目計算起來，雖然聽到侄兒的呻吟，也沒有聽進耳朵。

拿儂跑來敲敲牆壁請主人下樓，晚飯已經預備好了。走到穹窿下面樓梯的最後一級，葛朗臺心裡想：

「既然有八厘利，我一定做這筆生意。兩年以後可以有一百五十萬金洋從巴黎提回來。——哎，侄兒在哪裡？」

「他說不要吃飯，」拿儂說，「真是不顧身體。」

「省省我的糧食也好。」主人回答。

「是唦。」她說。

「嘿！他不會永遠哭下去的。肚子餓了，樹林裡的狼也躲不住呢。」

晚飯時候，大家好古怪的不出一聲。等到桌布拿掉了，葛朗臺太太才說：

「好朋友，咱們該替兄弟戴孝吧。」

「真是，太太，你只曉得想出花錢的玩意兒。戴孝在乎心，不在乎衣服。」

「可是兄弟的孝不能不戴，教會吩咐我們……」

「就在你六個路易裡支出，買你們的孝服吧。我只要一塊黑紗就行。」

歐也妮抬起眼睛向上望了望，一言不發。她慷慨的天性素來潛伏著，受著壓制，第一遭覺醒了，又時時刻刻受到傷害。

這一晚，表面上跟他們單調生活中無數的夜晚一樣，但確是最難受的一晚。歐也妮頭也不抬的做她的活計，也不動用前晚給查理看得一文不值的針線匣。葛朗臺太太編織她的套袖。葛朗臺坐在一邊把大拇指繞動了四小時，想著明天會教索漠全城吃驚的計算，出神了。

那晚誰也沒有上門。滿城都在談論葛朗臺的那一下辣手，他兄弟的破產和侄子的到來。為了需要對共同的利益議論一番，索漠城內所有中上階級的葡萄園主，都擠在臺·格拉桑府上，對前任市長破口大罵。

拿儂照例績麻，堂屋的灰色的樓板下面，除了紡車聲，便沒有別的聲響。

「嗳，嗳，咱們都愛惜舌頭，捨不得用哪。」她說著，露出一排又白又大的牙齒，像光杏仁。

「是呀，什麼都得愛惜。」葛朗臺如夢方醒似的回答。

他遠遠裡看到三年以後的八百萬家私，他在一片黃金的海上載沉載浮。

「咱們睡覺吧。我代表大家去向侄兒說一聲晚安，順便瞧瞧他要不要吃點東西。」

葛朗臺太太站在二層樓的樓梯臺上，想聽聽老頭子跟查理說些什麼。歐也妮比母親大膽，更走上兩級。

「喂，侄兒，你心裡難受是不是？好吧，你哭吧，這是常情。父親總是父親。可是我們遇到苦難就得耐心忍受。你在這裡哭，我卻在替你打算。你瞧，做伯父的對你多好。來，拿出勇氣來。要不要喝一小杯酒呢？」

索漠的酒是不值錢的：請人喝酒就像印度人請喝茶。

「哎，」葛朗臺接著說，「你沒有點火。要不得，要不得！做什麼事都得看個清楚啊。」

說著，他走到壁爐架前面。

「呦！這不是白燭麼？哪裡來的白燭？母女倆為了替這個孩子煮雞蛋，把我的樓板都會拆掉呢！」

一聽到這幾句，母女倆趕緊回房，鑽在床上，像受驚的老鼠逃回老窠一樣快。

「葛朗臺太太，你有金山銀山不是？」丈夫走進妻子的臥房問。

「朋友，我在禱告，等一會好不好？」可憐的母親聲音異樣的回答。

「見他的鬼，你的好天爺！」葛朗臺咕嚕著說。

凡是守財奴都只知道眼前，不相信來世。葛朗臺這句話，把現在這個時代赤裸裸的暴露了出來。金錢控制法律，控制政治，控制風俗，到了前所未有的程度。學校、書籍、人物、主義，一切都在破壞對來世的信仰，破壞這一千八百年以來的社會基礎。如今墳墓只是一個無人懼怕的階段。死後的未來，給提到現在來了。不管什麼義與不義，只要能夠達到塵世的天堂，享盡繁華之福，化心肝為鐵石，胼手胝足的去爭取暫時的財富，像從前的殉道者為了未來的幸福而受盡苦難一樣。這是今日最普遍的，到處都揭櫫著的思想，甚至法律上也這樣寫著。法律不是問立法者「你想些什麼？」而是問「你出多少代價？」等到這種主義從布爾喬亞傳布到平民大眾的時候，真不知我們的國家要變成什麼模樣。

「太太，你完了沒有？」老箍桶匠問。

「朋友，我還在為你祈禱呢。」

「好吧！再見。明天早上再談。」

可憐的女人睡下時，彷彿小學生沒有念熟功課，生怕醒來看到老師生氣的面孔。正當她懷著鬼胎鑽入被窩，蒙住耳朵時，歐也妮穿著睡衣，光著腳，跑到床前，吻著她的前額說：

「噢！好媽媽，明天我跟他說，一切都是我做的。」

「不行，他會送你到諾阿伊哀。還是讓我來對付，他不會把我吃掉的。」

「你聽見沒有，媽媽？」

「什麼？」

「他老是在哭哪。」

「去睡覺吧，孩子。你光著腳要受涼了，地磚潮得很呢。」

這一個重大的日子就這樣過去了。有錢而可憐的獨生女，一輩子都忘不了這一日。從今以後，她的睡眠再沒有從前那麼酣暢那麼深沉了。

人生有些行為，雖然千真萬確，但從事情本身看，往往像是不可能的。大概我們對於一些自發的決心，從沒加以心理的剖析，對於促成那些行為的神祕的原因，沒有加以說明。歐也妮深刻的熱情，也許要在她最微妙的組織中去分析。因為她的熱情，如一般愛挖苦的人所說的，變成了一種病，使她終身受到影響。許多人寧可否認事情的結局，不願估計一下把許多精神現象暗中聯繫起來的關係、樞紐和連鎖的力量。

在懂得觀察人性的人，看了歐也妮的過去，就知道她會天真到毫無顧忌，會突如其來的流露感情。她過去的生活越平靜，女子的憐憫、這最有機智的情感，在她心中發展得越猛烈。所以被白天的事情擾亂之下，她夜裡驚醒了好幾次，探聽堂弟的聲息，以為又聽到了從前一天起一直在她心中響著的哀歎：忽而她看見他悲傷得閉住了氣，忽而夢見他差不多要餓死了。

黎明時分，她確實聽到一聲可怕的呼喊，便立刻穿衣，在晨光中躡手躡腳的趕到堂弟房裡。房門打開著，白燭一直燒到燭盤底上。查理疲倦至極，在靠椅中和衣睡著，腦袋倒在床上。他像一班空肚子的人一樣做著夢。歐也妮此時盡可哭個痛快，盡可仔細鑒賞這張年輕秀美的臉，臉上刻畫著痛苦的痕跡，眼睛哭腫了，雖然睡著，似乎還在流淚。查理睡夢中受到精神的感應，覺得歐也妮來了，便睜開眼睛，看見她滿臉同情的站在面前。

「噢，姊姊，對不起。」他顯然不知道什麼時間，也不知道身在何處。

「弟弟，這裡還有幾顆真誠的心聽到你的聲音，我們以為你需要什麼呢。你該好好的睡，這樣坐著太累了。」

「是的。」

「那麼再見吧。」

她趕緊溜走，覺得跑到這裡來又高興又害臊。只有天真才會做出這種冒失的事。要是心裡明白的話，連德性也會像罪惡一般作種種計較的。歐也妮在堂弟面前並沒發抖，一回到自己屋裡卻兩腿站不直了。渾渾噩噩的生活突然告終，她左思右想的考慮起來，把自己大大的埋怨了一番。

「他對我要怎麼想呢？以為我愛上了他吧。」其實這正是她最希望的。坦白的愛情自有它的預感，知道愛能生愛。幽居獨處的姑娘，居然偷偷跑進一個青年的屋子，真是何等的大事！在愛情中，有些思想、有些行為，對某些心靈不就等於神聖的婚約嗎？

一小時以後，她走進母親房內，像平時一樣服侍她起床。然後她們倆坐在窗下老位置上等候葛朗臺，焦急的情緒正如一個人害怕責罵與懲戒的時候，心發冷發熱，或者揪緊或者膨脹，看各人的氣質而定。這種情緒也很自然，連家畜也感覺到：牠們自己不小心而受了傷可以不哼一聲，犯了過失挨了打，一點痛苦就會使牠們號叫。老頭子下樓了，心不在焉的跟太太說話，擁抱了一下歐也妮，坐上飯桌，彷彿已經忘記了昨晚恐嚇的話。

「侄兒怎麼啦？這孩子倒不打攪人。」

「先生，他睡著呢。」拿儂回答。

「再好沒有，他用不到白燭了。」葛朗臺用譏諷的口氣說。

這種反常的寬大，帶些諷刺的高興，使葛朗臺太太不勝驚奇，留神瞧著她的丈夫。老頭子……（這裡似乎應當提醒讀者，在都蘭、安茹、彼瓦都、不列塔尼這些地區，老頭子這個名稱——我們已經好幾次用來稱呼葛朗臺了——用於最淳厚的人，同時也用於最殘忍的人，只要他們到了相當的年紀。所以這個稱呼對個人的慈悲仁厚毫無關係。）老頭子拿起帽子、手套，說：

「我要到廣場上去晃一下，好碰到咱們的幾位克羅旭。」

「歐也妮，你父親心中一定有事。」母親對女兒說。

的確，不大需要睡眠的葛朗臺，夜裡大半時間都在作種種初步的盤算。這些盤算，使他的見解、觀察、計畫，特別準確，而且百發百中，做一樣成功一樣，教索漠人驚歎不已。

人類所有的力量，只是耐心加上時間的混合。所謂的強者是既有意志，又能等待時機。守財奴的生活，便是不斷的運用這種力量為自我效勞。他只依賴兩種情感：自尊心與利益。但利益既是自尊心的實際表現，並且是真正優越的憑據，所以自尊心與利益是一體的兩面，都從自私自利來的。

因此，凡是守財奴都特別耐人尋味，只要有高明的手段把他烘托出來。這種人物涉及所有的情感，可以說集情感之大成，而我們個個人都跟他們一脈相通。哪裡有什麼全無欲望的人？而沒有金錢，哪個欲望能夠滿足？

葛朗臺的確心中有事，照他妻子的說法。像所有的守財奴一樣，他非跟人家鉤心鬥角，把他們的錢合法的賺過來不可，這在他是一種無時或已的需要。搜刮旁人，豈非施展自己的威力，使自己老是可以有名有分的瞧不起那些過於懦弱的，給人吃掉的人嗎？躺在上帝面前的那平安恬靜的羔羊，真是塵世的犧牲者最動人的寫照，象徵了犧牲者在彼世界的生活，證明懦弱與受苦受到何等的光榮。可是這些微言奧旨有誰懂得？守財奴只知道把這頭羔羊養得肥肥的，把牠關起來，宰牠，烤牠，吃掉牠，輕蔑牠。金錢與鄙薄，才是守財奴的養料。

夜裡，老頭子的念頭換了一個方向，這是他表示寬大的緣故。他想好了一套陰謀詭計，預備開巴黎人的玩笑，折磨他們，捉弄他們，把他們撚一陣捏一陣，叫他們奔來，奔去，流汗，希望，急得臉色發白。是啊，他這個老箍桶匠，在灰色的堂屋底裡，在索漠家中蟲蛀的樓梯上走的時候，就能這樣的玩弄巴黎人。

他一心想著侄兒的事，他要挽回亡弟的名譽，可毋需他或他的侄兒花一個錢。他的現金馬上要存放出去，三年為期，現在他只消管理田地了，所以非得找些材料讓他施展一下狡獪的本領不可，而兄弟破產就是現成的題目。手裡沒有旁的東西可以擠壓，他就想把巴黎人捏成齏粉，讓查理得些實惠，自己又一文不花的做了個有義氣的哥哥。

他的計畫中根本沒有什麼家庭的名譽，他的好意有如賭徒的心情，喜歡看一場自己沒有下注的賭博賭得精彩。克羅旭是他必不可少的幫手，他卻不願意去找他們，而要他們來找他。他決心把剛才想好的計畫當晚就開始搬演，以便隔一天早上，不用花一個小錢，教全城的人喝他的彩。

吝嗇鬼許的願·情人起的誓

父親不在家，歐也妮就不勝欣喜的可以公然關切她心愛的堂弟，可以放心大膽把胸中蘊蓄著的憐憫，對他盡量發洩了。憐憫是女子勝過男子的德性之一，是她願意讓人家感覺到的唯一的情感，是她肯讓男人挑逗起來而不怨怪的唯一的情感。

歐也妮跑去聽堂弟的呼吸，聽了三四次，要知道他睡著還是醒了。之後，他起床了，於是咖啡、奶油、雞蛋、水果、盤子、杯子，一切有關早餐的東西，都成為她費心照顧的對象。她輕快的爬上破舊的樓梯，聽堂弟的響動。他是不是在穿衣呀？他還在哭嗎？她一直跑到房門外面。

「喂，弟弟！」

「嗳，姊姊！」

「你喜歡在哪裡用早餐，堂屋裡還是你房裡？」

「隨便。」

「你好嗎?」

「姊姊,說來慚愧,我肚子餓了。」

這段隔著房門的談話,在歐也妮簡直是小說之中大段的穿插。

「那麼我們把早餐端到你房裡來吧,免得父親不高興。」

她身輕如燕的跑下廚房。

「拿儂,去替他收拾臥房。」

這座上上下下不知跑了多少次的樓梯,一點聲音就會格格作響的,在歐也妮眼中忽然變得不破舊了。她覺得樓梯明晃晃的,會說話,像她自己一樣年輕,像她的愛情一樣年輕,同時又為她的愛情服務。還有她母親,慈祥而寬容的母親,也樂意受她愛情的幻想驅遣。

查理的臥房收拾好了,她們倆一齊進去,給不幸的孩子做伴:基督教的慈悲,不是教人安慰受難者嗎?兩個女子在宗教中尋出許多似是而非的怪論,為她們有違體統的行為做藉口。

因此查理·葛朗臺受到最親切最溫柔的款待。他因為痛苦而破碎的心,清清楚楚的感到這種體貼入微的友誼,這種美妙的同情的甜蜜。那是母女倆被壓迫的心靈,在痛苦的領域——它們的日常天地——內能有片刻自由就會流露的。既然是至親骨肉，歐也妮就不妨把堂弟的內衣和隨身帶來的梳妝用具整理一下，順便把手頭撿到的小玩意，鏤金鏤銀的東西，稱心如意的逐件玩賞，並且以察看做工為名，拿在手裡不放。

查理看到伯母與堂姊對他古道熱腸的關切，不由得大為感動。他對巴黎社會有相當的認識，知道以他現在的處境，照例只能受人冷淡。他發覺歐也妮那種特殊的美，光豔照人。前夜他認為可笑的生活習慣，從此他讚美它的純樸了。所以當歐也妮從拿儂手中接過一個琺瑯的碗，滿滿盛著咖啡和奶油，很親熱的端給堂弟，不勝憐愛的望了他一眼時，查理便含著淚拿起她的手親吻。

「哎喲，你又怎麼啦？」她問。

「哦！我感激得流淚了。」

歐也妮突然轉身跑向壁爐架拿燭臺。

「拿儂，」她說，「來，把燭臺拿走。」

她回頭再瞧堂弟的時候，臉上還有一片紅暈，但眼神已經鎮定，不致把衷心洋溢的快樂洩露了。可是兩人的目光都表現同樣的情緒，正如他們的心靈交融在同一的思想中：未來是屬於他們的了。

這番柔情，查理特別覺得甘美，因為他遭了大難，早已不敢存什麼希望。大門上錘子響了一下，立刻把兩個女子召歸原位。幸而她們下樓相當快，在葛朗臺進來的時候，手裡已經拿上活計，如果他在樓下環洞那邊碰到她們準會疑心的。老頭子急急忙忙吃完午餐之後，來了法勞豐田上看莊子的，早先說好的津貼至今沒拿到。他帶來一頭野兔，幾隻鷓鴣，都是大花園裡打到的，還有磨坊司務欠下的鰻魚與兩條梭魚。

「嚄！嚄！來得正好，這高諾阿萊。這東西好吃嗎，你說？」

「好吃得很呢，好心的先生，打下來有兩天了。」

「喂，拿儂，快來！」好傢伙說，「把這些東西拿去，做晚飯菜，我要請兩位克羅旭吃飯呢。」

拿儂瞪著眼發呆，對大家望著。

「可是，」她說，「叫我從哪裡弄來肥肉跟香料呢？」

「太太，」葛朗臺說，「給拿儂六法郎。等會我要到地窖裡去找好酒，別忘了提醒我一聲。」

看莊子的久已預備好一套話，想解決工資問題：

「這麼說來，葛朗臺先生……」

「咄，咄，咄，咄！」葛朗臺答道，「我知道你的意思，你是一個好小子。今天我忙得很，咱們明天再說吧。太太，先給他五法郎。」

他說完趕緊跑了。可憐的女人覺得花上十一法郎求一個清靜，高興得很。她知道葛朗臺把給她的錢一個一個逼回去之後，準有半個月不尋事。

「噯，高諾阿萊，」她把十法郎塞在他手裡說，「回頭我們再重重謝你吧。」

高諾阿萊沒有話說，走了。拿儂戴上黑頭巾，抓起籃子說：

「太太，我只要三法郎就夠了，多下的你留著吧。行了，我照樣會對付的。」

「拿儂，飯菜弄好一些呀，堂弟下來吃飯的呢。」歐也妮吩咐。

「真是，家裡有了大事了，」葛朗臺太太說，「我結婚到現在，這是你父親第三次請客。」

四點左右，歐也妮和母親擺好了六個人的刀叉，屋主把外省人那麼珍視的窖藏佳釀，提了幾瓶出來，查理也進了堂屋。他臉色蒼白，舉動、態度、目光、說話的音調，在悲苦中別有一番嫵媚。他並沒假裝悲傷，他的難受是真實的，痛苦罩在他臉上的陰影，有一副為女子特別喜愛的神情。歐也妮因之愈加愛他了。

或許苦難替歐也妮把他拉近了些。查理不再是那個高不可攀的、有錢的美少年，而是一個遭難的窮親戚了。苦難生平等。救苦救難是女子與天使相同的地方。查理和歐也妮彼此用眼睛說話，靠眼睛瞭解。那個落難公子，可憐的孤兒，躲在一旁不出一聲，沉著、高傲。但堂姊溫柔慈愛的目光不時落在他身上，逼他拋開愁苦的念頭，跟她一起神遊於未來與希望之中，那是她最樂意的事。

葛朗臺請克羅旭吃飯的消息，這時轟動了全城。他前一天出售當年的收成、對全體種葡萄的背信的罪行，倒沒有把人心刺激得這麼厲害。蘇格拉底的弟子阿爾西比亞德斯，為了驚世駭俗，曾經把自己的狗割掉尾巴。如果這老奸巨猾的葡萄園主以同樣的心思請客，或許他也可成為一個大人物。可是他老是玩弄城裡的人，沒有遇過對手，所以從不把索漢人放在心上。

臺·格拉桑他們，知道了查理的父親暴卒與可能破產的新聞，決意當天晚上就到他們的主顧家弔唁一番，慰問一番，同時探聽一下他們為什麼事，在這種情形之下請幾位克羅旭吃飯。

五點整，特·篷風所長跟他的老叔克羅旭公證人，渾身上下穿得齊齊整整的來了。大家立刻入席，開始大嚼。葛朗臺嚴肅，查理靜默，歐也妮一聲不出，葛朗臺太太不比平時多開口，真是一頓款待弔客的喪家飯。

大家離席的時候，查理對伯父伯母說：

「對不起，我先告退了，有些極不愉快的長信要寫。」

「請吧請吧，侄兒。」

他一走，葛朗臺認為查理一心一意的去寫信，什麼都聽不見的了，便狡獪的望著妻子說：

「太太，我們要談的話，對你們簡直是天書，此刻七點半，還是鑽進你們的被窩去吧。明天見，歐也妮。」

他擁抱了女兒，兩位女子離開了堂屋。葛朗臺與人往來的結果，早已磨練得詭計多端，使一班被他咬得太凶的人常常暗裡叫他老狗。那天晚上，他比平生任何時候都運用更多的機巧。倘使索漠前任市長的野心放得遠大一些，再加機緣湊巧，爬上高位，奉派到國際會議中去，把他保護私人利益的長才在那裡表現一番的話，毫無疑問他會替法國立下大功。但也說不定一離開索漠，老頭子就只是一個毫無出息的可憐蟲。有些人的腦袋，或許像有些動物一般，從本土移到了另一個地方，離開了當地的水土，就沒法繁殖。

「所……所長……先……先……先生，你你你……說……說說說過破破破產……」

他假裝了多少年而大家久已當真的口吃，和他在雨天常常抱怨的耳聾，在這個場合使兩位克羅旭難受死了，他們一邊聽一邊不知不覺的扯動嘴臉，彷彿要把他故意捲在舌尖上的字眼代為補足。在此我們應當追敘一下葛朗臺的口吃與耳聾的故事。

在安茹地區，對當地的方言懂得那麼透徹，講得那麼清楚的，誰都比不上這狡獪的葡萄園主。但他雖是精明透頂，從前卻上過一個猶太人的當。在談判的時候，那猶太人老把兩手捧著耳朵，假裝聽不清，同時結結巴巴的口吃得厲害，永遠說不出適當的字眼，以致葛朗臺竟吃了善心的虧，自動替狡猾的猶太人尋找他心中的思想與字眼，結果把猶太人的理由代說了，他說的話倒像是該死的猶太人應該說的，他終於變成猶太人而不是葛朗臺了。

那場古怪的辯論所做成的交易，是老箍桶匠平生唯一吃虧的買賣。但他雖然經濟上受了損失，精神上卻得了一次很好的教訓，從此得益不淺。葛朗臺最後還祝福那個猶太人，因為他學會了一套本領，在生意上教敵人不耐煩，逼對方老是替自己這方面打主意，而忘掉他自身的觀點。

那天晚上所要解決的問題，的確最需要耳聾與口吃，最需要莫名其妙的兜圈子，把自己的思想深藏起來：第一他不願對自己的計畫負責；第二他不願授人話柄，要人家猜不透他的真主意。

「特·篷……篷……篷風先生。」

葛朗臺稱克羅旭公證人的侄子為篷風先生，三年以來這是第二次。所長聽了很可能當作那奸刁的老頭子已經選定他做女婿。

「你你你……真的說……說破破破產，在……在某某……某些情形中可……可可以……由……由……」

「可以由商事裁判所出面阻止。這是常有的事。」特·篷風先生這麼說，自以為把葛朗臺老頭的思想抓住了，或者猜到了，預備誠誠懇懇替他解釋一番，便又道：「你聽我說。」

「我聽……聽……聽著。」老頭子不勝惶恐的回答，狡猾的神氣，像一個小學生表面上裝作靜聽老師的話，暗地裡卻在訕笑。

「一個受人尊敬而重要的人物，譬如像你已故的令弟……」

「舍弟……是的。」

「有周轉不靈的危險……」

「那……那那叫……叫做……周周周轉不靈嗎？」

「是的。……以致免不了破產的時候，有管轄權的（請你注意）商事裁判所，可以憑它的判決，委任幾個當事人所屬的商會中人做清理委員。清理並非破產，懂不懂？一個破產的人名譽掃地，但宣告清理的人是清白的。」

「那相相差……太大了，要是……那……那並並並不……花……花……花更……更……更多的錢。」葛朗臺說。

「可是即使沒有商事裁判所幫忙，仍舊可以宣告清理的，因為，」所長吸了一撮鼻煙，接著說，「你知道宣告破產要經過怎樣的手續嗎？」

「是呀，我從來沒有想……想……想過。」葛朗臺回答。

「第一，」法官往下說，「當事人或者他的合法登記的代理人，要親自造好一份資產負債表，送往法院書記室。第二，由債權人出面申請。可是如果當事人不提出資產負債表，或者債權人不向法院申請把當事人宣告破產，那麼怎麼辦呢？」

「對……對對對啦，怎……怎……怎麼辦呢？」

「那麼死者的家屬、代表人、繼承人，或者當事人自己——如果他沒有死——，或者他的朋友——如果他避不見面——，可以辦清理。也許你想把令弟的債務宣告清理吧？」所長問。

「啊！葛朗臺！」公證人嚷道，「那可好極了。我們偏僻的外省還知道名譽的可貴。

要是你保得身家清白，因為這的確與你的身家有關，那你真是大丈夫了……」

「偉大極了！」所長插嘴道。

「當……當然，」老頭子答道，「我兄兄兄弟姓……姓……姓葛朗臺，跟……跟我……我……我一樣，還……還……還還用說嗎？我……我……我……我沒有說不。清清……清……清……清理，在在……無……無論何……何種情……情形之下，從從……各各……各……各方面看看看，對我侄……侄……侄兒是很……很……很有有有利的，侄……侄侄兒又又又是我……我喜……喜歡的。可是先……先要弄清楚。我不認認……認得那些巴黎的壞蛋。我……我是在索……索漠，對不對？我的葡葡葡萄秧，溝溝渠，總總……總之，我有我的事事事情。我從沒出過約……約……約期票。什麼叫做約期票？我收收……收到過很……很多，從來沒有……出……出給人家。我只……只只知道約期票可……可哥可以兌現，可……可哥以貼貼現。聽……聽說約……約……約期票可哥以贖贖贖回……」

「是的，」所長說，「約期票可以打一個折扣從市場上收回來。你懂嗎？」

葛朗臺兩手捧著耳朵，所長把話再說了一遍。

「那麼，」老頭子答道，「這些事情也……也有好有壞囉？我……我……我老了，這這這些都……都弄弄……弄不清。我得留……留在這兒看……看……看守穀子。穀子快……快收了，咱們靠……靠……靠穀子開……開開銷。最要緊的是，看……看好收成，在法勞豐我我……我有重……重要的收入。我不能放……放……放棄了家去去對對……對付那些鬼……鬼……鬼……鬼事，我又攪攪不清。你你說……要避免破產，要辦辦……辦清……清……清理，我得去巴黎。一個人又不不……不是一隻鳥，怎怎……怎麼能同時在……在……在兩個地方……」

「我明白你的意思，」公證人嚷道，「可是老朋友，你有的是朋友，有的是肯替你盡心出力的朋友。」

「得啦，」老頭子心裡想，「那麼你自己提議呀！」

「倘使派一個人到巴黎去，找到令弟琪奧默最大的債主，對他說……」

「且慢，」老頭子插嘴道，「對他說……說什麼？是……是不是這……這樣：『索漠的葛朗臺長，……索漠……的葛朗臺短，他愛他的兄弟，愛他的侄……侄……侄子。葛朗臺是一個好哥……哥哥，有一番很好的意思。他的收……收……收成賣了好價。你們不要宣告破……破……破……破產，你們集集集合起來，委……委……委託幾個清……清……清理人。那那時葛朗臺再……再……再看著辦。與其讓法院裡的人沾……沾……沾手，不如清理來……來……來得划算……』嗯，是不是這麼說？」

「對！」所長回答。

「因為，你瞧，篷……篷……篷……篷風先生，我們要三……三思而行。做……做不到總……總是做……做不到。凡是花……花……花錢的事，先得把收支搞清楚，才才不至於傾……傾……傾家蕩產。嗯，對不對？」

「當然嘍，」所長說，「我嘛，我認為花幾個月時間，出一筆錢，以議定的方式付款，可以把債券全部贖回。啊，啊！你手裡拿塊肥肉，那些狗還不跟你跑嗎？只要不宣告破產，把債權證件抓在你手裡，你就是白璧無瑕。」

「白……白……白璧？」葛朗臺又把兩手捧著耳朵，「我不懂什麼白……白……白璧。」

「哎，」所長嚷道，「你聽我說呀。」

「我……我我聽著。」

「債券是一種商品，也有市價漲落。這是根據英國法學家傑瑞米·邊沁[1]關於高利貸的理論推演出來的。他曾經證明，大家譴責高利貸的成見是荒謬的。」

「嗯！」好傢伙哼了一聲。

「據邊沁的看法，既然原則上金錢是一種商品，代表金錢的東西也是一種商品，既然是商品，就免不了市價漲落。那麼契據這種商品，有某某人簽字的文件，也像別的貨物一樣，市場上會忽而多忽而少，它們的價值也就忽而高忽而低，法院可以要人家（喔，我多糊塗，對不起……）我認為你可以把令弟的債券打個二五扣贖回來。」

「他叫……叫……叫做傑……傑……傑瑞米．邊……」

「邊沁，是個英國人。」

「這個傑瑞米，使我們在生意上再也不必怨氣沖天。」公證人笑著說。

「這些英國人有……有……有時真講情……情理，」葛朗臺說，「那麼，照邊……邊沁的看法，要是我兄弟的債券值……值……值多少……實際上並不值！我我……我……我說得對不對？我覺得明白得很……債主可能……不，不可能……我懂……懂懂得。」

「讓我解釋給你聽吧，」所長說，「在法律上要是你拿到葛朗臺號子所有欠人的債券，令弟和他的繼承人就算跟大家兩訖了，行了。」

1 傑瑞米．邊沁（一七四八—一八三二）英國法理學家、經濟學家和哲學家，功利主義學說的代表。

「行了。」老頭子也跟著說了一遍。

「以公道而論，要是令弟的債券，在市場上談判好（談判，你明白這兩個字的意思嗎？）談判好打多少折扣，要是你朋友中有人在場收買了下來，既然債權人自願出售而並沒受暴力脅迫，那麼令弟的遺產就光明正大的沒有什麼負債了。」

「不錯……生……生……生意是生意，這是老話，」箍桶匠說，「可是，你明……明……明……明白，這很……很……很難。我……我……我沒有錢錢錢，也……也……也沒有空，沒有空，沒有空也沒……」

「是的，你不能分身。那麼我代你上巴黎。（旅費歸你，那是小意思。）我去找那些債權人，跟他們談，把債券收回，把付款的期限展緩，只要在清算的總數上多付一筆錢，一切都好商量的。」

「咱咱咱們再談，我不……不……不……不能，我不願隨……隨……隨便答應，在在在……沒……沒有……，做……做不到，總是做……做不到。你你你明白？」

「那不錯。」

「你跟……跟……跟我講……講……講的這一套，把我……我……我頭都脹……脹……脹昏了。我活到現在，第……第……第一次要想……想到這這……」

「對，你不是法律專家。」

「不過是一個可……可……可憐的種葡萄的，你……你……你剛才說的，我一點都不知道。我……我……我得研……研……研究一一一下。」

「那麼……」所長似乎想把他們的談話歸納出一個結論來。公證人帶著埋怨的口吻插嘴道：

「侄兒！……」

「哦，叔叔？」

「你應當讓葛朗臺先生說明他的意思。委託這樣一件事不是小事。咱們的朋友應當把範圍說清……」

大門上一聲錘子響，報告臺．格拉桑一家來了，他們的進場和寒暄，打斷了克羅旭的話。這一打岔，公證人覺得很高興，葛朗臺已經在冷眼覷他，肉瘤顫巍巍的表示心中的激動。可是第一，小心謹慎的公證人認為一個初級裁判所所長根本不宜於上巴黎去釣債權人上鉤，涉入與法律抵觸而不清不白的陰謀中去；其次，葛朗臺老頭肯不肯出錢還一點沒有表示，侄兒就冒冒失失的參與，也使公證人莫名其妙的覺得害怕。所以他趁臺．格拉桑他們進來的時候，抓著所長的手臂，把他拉到一個窗洞下面：

「侄兒，你的意思表示得夠了，獻殷勤也應當適可而止。你想他的女兒想昏了。不要見鬼，沒頭沒腦的亂衝亂撞。現在讓我來把舵，你只要從旁邊助我一臂就行。難道你值得以堂堂法官之尊，去參與這樣一件……」

他還沒說完，就聽見臺・格拉桑向老箍桶匠伸著手說：

「葛朗臺，我們知道府上遭了不幸，琪奧默・葛朗臺的號子出了事，令弟去世了，我們特地來表示哀悼。」

公證人插嘴道：

「最不幸的是二爺的死。要是他想到向兄長求救，就不至於自殺了。咱們的老朋友愛名譽，連指甲縫裡都愛到家，他想出面清理巴黎葛朗臺的債務呢。舍侄為免得葛朗臺在這樁涉及司法的交涉中找麻煩，提議立刻代他去巴黎跟債權人磋商，使他們相當的滿足。」

這段話，加上葡萄園主摸著下巴的態度，教三位臺・格拉桑詫異到萬分，他們一路來的時候還在稱心如意的罵葛朗臺守財奴，差不多認為兄弟就是給他害死的。這時銀行家卻望著他的太太嚷道：

「啊！我早知道的！喂，太太，我路上跟你怎麼說的？葛朗臺連頭髮根裡都是愛惜名譽的，絕不肯讓他們的姓氏有一點玷汙。有錢而沒有名譽是一種病。咱們外省還有人愛名譽呢！葛朗臺，你這個態度好極了，好極了。我是一個老軍人，裝不了假，只曉得把心裡的話直說。這真是，我的天！偉大極了。」說著，銀行家熱烈的握著他的手。

「可哥可是偉……偉……偉大要花大……大……大錢呀。」老頭子回答。

「但是，親愛的葛朗臺，」臺．格拉桑接著說，「請所長先生不要生氣，這純粹是生意上的事，要一個生意上的老手去交涉的。什麼回復權、預支、利息的計算，全得內行。我有些事上巴黎去，可以附帶代你……」

「咱們倆慢慢的來考慮，怎怎……怎麼樣想出一個可……可……可能的辦法，使我不……不……不至於貿貿然答……答……答應我……我……我不願願願意做的事，」葛朗臺結結巴巴的回答，「因為，你瞧，所長先生當然要我負擔旅費的。」說這最後幾句時他不口吃了。臺．格拉桑太太便說：

「噯！到巴黎去是一種享受，我願意自己花旅費去呢。」

她對丈夫丟了一個眼風，似乎鼓勵他不惜代價把這件差事從敵人手裡搶過來，她又帶著嘲弄的神氣望望兩位臉色沮喪的克羅旭。

於是葛朗臺抓住了銀行家的衣鈕，拉他到一邊對他說：

「在你跟所長之中，我自然更信任你。而且，」他的肉瘤牽動了幾下，「其中還有文章呢。我想買公債，大概有好幾萬法郎的數目，可是只預備出八十法郎的價錢。據說月底行市會跌。你是內行，是不是？」

「嘿！豈敢！這樣說來，我得替你收進幾萬法郎的公債囉？」

「噓！開場小做做。我玩這個，誰都不讓知道。你可以買月底的期貨，可是不能教克羅旭他們得知，他們會不高興。既然你上巴黎去，請你替我可憐的侄兒探探風色。」

「就這樣吧，」臺・格拉桑提高了嗓子，「明天我搭驛車動身，幾點鐘再來請示細節呢？」

「明天五點吧，吃晚飯以前。」葡萄園主搓著手。

兩家客人又一起坐了一會。臺・格拉桑趁談話停頓的當兒拍拍葛朗臺的肩膀說：

「有這樣的同胞兄弟，教人看了也痛快……」

「是呀是呀，」葛朗臺回答說，「表面上看不出，我可是極重骨……骨肉之情。我對兄弟很好，可以向大家證明，要是花……花……花錢不……不多……」銀行家不等他說完，很識趣的插嘴道：

「咱們告辭了，葛朗臺。我要提早動身的話，還得把事情料理料理。」

「好，好，為了剛才和你談的那件事，我……我要進……進……進我的『評評……評……評議室』去，像克羅旭所長說的。」

「該死！一下子我又不是特．篷風先生了。」法官鬱鬱不樂的想，臉上的表情好像在庭上給辯護律師弄得不耐煩似的。

兩家敵對的人物一齊走了。早上葛朗臺出賣當地葡萄園主的行為，都給忘掉了，彼此只想刺探對方：對於好傢伙在這件新發生的事情上存什麼心、是怎麼一個看法，可是誰也不肯表示。

「你跟我們上特．奧松華太太家去嗎？」臺．格拉桑問公證人。

「咱們過一會去，」所長回答，「要是家叔允許的話，我答應特．格里鮑果小姐到她那邊轉一轉的，我們要先上那兒。」

「那麼再見囉，諸位。」臺．格拉桑太太說。

他們別過了兩位克羅旭，才走了幾步，阿道夫便對他的父親說：

「他們這一下可冒火呢，嗯？」

「別胡說，孩子，」他母親回答道，「他們還聽得見。而且你的話不登大雅，完全是法科學生的調調。」

法官眼看臺·格拉桑一家走遠之後，嚷道：

「喂，叔叔！一開始我是特·篷風所長，最後仍舊是光桿的克羅旭。」

「我知道你會生氣，不過風向的確對臺·格拉桑有利。你聰明人怎麼糊塗起來了！葛朗臺老頭『咱們再談』那一套，由他們去相信吧。孩子，你放心，歐也妮還不一樣是你的？」

不多一會，葛朗臺慷慨的決心同時在三戶人家傳布開去，城裡的人光談著這椿手足情深的義舉。葛朗臺破壞了葡萄園主的誓約而出賣存酒的事，大家都加以原諒，一致佩服他的誠實，讚美他的義氣，那是出於眾人意料之外的。法國人的性格，就是喜歡捧一時的紅角兒，為新鮮事加把勁。那些群眾竟是健忘得厲害。葛朗臺一關上大門，就叫喚拿儂：

「你別把狗放出來，等會兒睡覺，咱們還得一起做事呢。十一點鐘的時候，高諾阿萊會趕著法勞豐的破車到這裡來。你留心聽著，別讓他敲門，叫他輕輕的進來。警察局不許人家黑夜裡高聲大氣的鬧。再說，左鄰右舍也用不著知道我出門。」

說完之後，葛朗臺走進他的工作室，拿儂聽著他走動，找東西，來來去去，可是小心得很。顯而易見他不願驚醒太太和女兒，尤其不願惹起侄兒的注意。他瞧見侄兒屋內還有燈光，已經在私下咒罵了。

半夜裡，一心想著堂弟的歐也妮，似乎聽見一個快要死去的人在那裡呻吟，而這個快要死去的人，對她便是查理：他和她分開的時候臉色不是那麼難看、那麼垂頭喪氣嗎？也許他自殺呢！她突然之間披了一件有風兜的大氅想走出去。先是她房門的隙縫中透進一道強烈的光，把她嚇了一跳，以為是失了火。後來她放心了，因為聽見拿儂沉重的腳步與說話的聲音，還夾著好幾匹馬嘶叫的聲音。她極其小心的把門打開一點，免得發出聲響，但開到正好瞧見甬道裡的情形。她心裡想：「難道父親要把堂弟架走不成？」

冷不防她的眼睛跟父親的眼睛碰上了，雖然不是看著她，而且也毫不疑心她在門後偷看，歐也妮卻嚇壞了。老頭子和拿儂兩個，右肩上架著一支又粗又短的棍子，棍子上繫了一條繩索，扣著一個木桶，正是葛朗臺閒著沒事的辰光在麵包房裡做著玩的那種。

「聖母馬利亞！好重噢！先生。」拿儂輕聲的說。

「可惜只是一些大銅錢！」老頭子回答，「當心碰到燭臺。」

樓梯扶手的兩根柱子中間，只有一支蠟燭照著。

「高諾阿萊，」葛朗臺對那個虛有其名的看莊子的說，「你帶了手槍沒有？」

「沒有，先生。嘿！你那些大錢怕什麼？……」

「噢！不怕。」葛朗臺回答。

「再說，我們走得很快，」看莊子的又道，「你的佃戶替你預備了最好的馬。」

「好，好。你沒有跟他們說我要去哪裡嗎？」

「我根本不知道。」

「好吧。車子結實嗎？」

「結實？嘿，好裝三千斤。你那些破酒桶有多重？」

「喔，那我知道！」拿儂說，「總該有一千八百斤。」

「別多嘴，拿儂！跟太太說我下鄉去了，回來吃晚飯。——高諾阿萊，快一點，九點以前要趕到昂熱。」

車子走了。拿儂鎖上大門，放了狗，肩頭酸痛的睡下，街坊上沒有一個人知道葛朗臺出門，更沒有人知道他出門的目的。老頭子真是機密透頂。在這座堆滿黃金的屋子裡，誰也沒有見過一個大錢。早晨他在碼頭上聽見人家閒話，說南特城裡接了大批裝配船隻的生意，金價漲了一倍，投機商都到昂熱來收買黃金，他聽了便向佃戶借了幾匹馬，預備把家裡的藏金裝到昂熱去拋售，拿回一筆庫券，作為買公債的款子，而且趁金價暴漲的機會又好賺一筆外快。

「父親走了。」歐也妮心裡想，她在樓梯高頭把一切都聽清楚了。屋子裡又變得寂靜無聲，逐漸遠去的車輪聲，在萬家酣睡的索漠城中已經聽不見了。這時歐也妮在沒有用耳朵諦聽之前，先在心中聽到一聲呻吟從查理房中傳來，一直透過她臥房的板壁。三樓門縫裡漏出一道像刀口一般細的光，橫照在破樓梯的欄杆上。她爬上兩級，心裡想：

「他不好過哩。」

第二次的呻吟使她爬到了樓梯高頭，把虛掩著的房門推開了。查理睡著，腦袋倒在舊靠椅外面。筆已經掉下，手幾乎碰到了地。他在這種姿勢中呼吸困難的模樣，教歐也妮突然害怕起來，趕緊走進臥房。

「他一定累死了。」她看到十幾封封好的信，心裡想。她看見信封上寫著：法萊－勃萊曼車行、蒲伊松成衣鋪，等等。

「他一定在料理事情，好早點出國。」

她又看到兩封打開的信，開頭寫著「我親愛的阿納德……」幾個字，使她不由得一陣眼花，心兒直跳，雙腳釘在地下不能動了。

「他親愛的阿納德！他有戀人了，有人愛他了！沒有希望嘍！……他對她說些什麼呢？」

這些念頭在她腦子裡心坎裡閃過，到處都看到這幾個像火焰一般的字，連地磚上都有。

「沒有希望了！我不能看這封信。應當走開……可是看了又怎麼呢？」

她望著查理，輕輕的把他的腦袋安放在椅背上，他像孩子一般任人擺布，彷彿睡熟的時候也認得自己的母親，讓她照料、受她親吻。歐也妮也像做母親的一樣，把他垂下的手拿起，輕輕的吻了吻他的頭髮。「親愛的阿納德！」彷彿有一個鬼在她耳畔叫著這幾個字。她想：

「我知道也許是不應該的，可是那封信，我還是要看。」

歐也妮轉過頭去，良心在責備她。善惡第一次在她心中照了面。至此為止，她從沒做過使自己臉紅的事。現在可是熱情與好奇心把她戰勝了。每讀一句，她的心就膨脹一點，看信時身心興奮的情緒，把她初戀的快感刺激得愈加尖銳了：

親愛的阿納德，什麼都不能使我們分離，除了我這次遭到的大難，那是儘管謹慎小心也是預料不到的。我的父親自殺了，我和他的財產全部丟了。由於我所受的教育，在這個年紀上我還是一個孩子，可是已經成了孤兒：雖然如此，我得像大人一樣從深淵中爬起來。

剛才我花了半夜工夫作了一番盤算。要是我願意清清白白的離開法國——我一定得辦到這一點——我還沒有一百法郎的錢好拿了上印度或美洲去碰運氣。是的，可憐的阿娜，我要到氣候最惡劣的地方去找發財的機會。據說在那些地方，發財又快又穩。留在巴黎嗎？根本不可能。一個傾家蕩產的人，一個破產的人的兒子，天哪，虧空了兩百萬！……一個這樣的人所能受到的羞辱、冷淡、鄙薄，我的心和我的臉都受不了的。不到一星期，我就會在決鬥中送命。所以我絕不回巴黎。你的愛，一個男人從沒受到過的最溫柔最忠誠的愛，也不能搖動我不去巴黎的決心。可憐啊！我最親愛的，我沒有旅費去你那裡，來給你一個，受你一個最後的親吻，一個使我有勇氣奔赴前程的親吻……

——可憐的查理，幸虧我看了這封信！我有金子，可以給他啊，歐也妮想。

她抹了抹眼淚又念下去：

我從沒想到過貧窮的苦難。要是我有了必不可少的一百路易旅費，就沒有一個銅子買那些一般的貨物去做生意。不要說一百路易，連一個路易也沒有。要等我把巴黎的私債清償之後，才能知道我還剩多少錢。倘使一文不剩，我也就心平氣和的去南特，到船上當水手，一到那裡，我學那些苦幹的人的榜樣，年輕時身無分文的到印度去，變了巨富回來。

從今天早上起，我把前途冷靜的想過了。那對我比對旁人更加可怕，因為我受過母親的嬌養、受過最慈祥的父親的疼愛，剛踏進社會又遇到了阿娜的愛！我一向只看見人生的鮮花，而這種福氣是不會長久的。可是親愛的阿納德，我還有足夠的勇氣，雖然我一向是無愁無慮的青年，受慣一個巴黎最迷人的女子的愛惜，享盡家庭之樂，有一個百依百順的父親……哦！阿納德，我的父親，他死了啊……

是的，我把我的處境想過了，也把你的想過了。二十四小時以來，我老了許多。親愛的阿娜，即使為了把我留在巴黎、留在你身旁，而你犧牲一切豪華的享受、犧牲你的衣著、犧牲你在歌劇院的包廂，咱們也沒法張羅一筆最低的費用，來維持我揮霍慣的生活。而且我不能接受你那麼多的犧牲。因此咱們倆今天只能訣別了。

——他離開她了，聖母馬利亞！哦，好運氣！

歐也妮快樂得跳起來。查理身子動了一下，把她駭得渾身發冷，幸而他並沒有醒。

她又往下念：

我什麼時候回來？不知道。印度的氣候很容易使一個歐洲人衰老，尤其是一個辛苦的歐洲人。就說是十年吧。十年以後，你的女兒十八歲，已經是你的伴侶，會刺探你的祕密了。對你，社會已經夠殘酷，而你的女兒也許對你更殘酷。社會的批判、少女的忘恩負義，那些榜樣我們已看得不少，應當知所警惕。

希望你像我一樣，心坎裡牢牢記著這四年幸福的回憶，別負了你可憐的朋友，如果可能的話。可是我不敢堅決要求，因為親愛的阿納德，我必須適應我的處境，用平凡的眼光看人生，一切都得打最實際的算盤。所以我要想到結婚，在我以後的生涯中那是一項應有的節目。而且我可以告訴你，在這裡，在我索漠的伯父家裡，我遇到一個堂姊，她的舉動、面貌、頭腦、心地，都會使你喜歡的，並且我覺得她……

歐也妮看到信在這裡中斷，便想：「他一定是累壞了，才沒有寫完。」

她替他找辯護的理由！當然，這封信的冷淡無情，教這個無邪的姑娘怎麼猜得透？在虔誠的氣氛中長大的少女，天真、純潔，一旦踏入了迷人的愛情世界，便覺得一切都是愛情了。她們徜徉在天國的光明中，而這光明是她們的心靈放射的，光輝所布，又照耀到她們的愛人。她們把胸中如火如荼的熱情點燃愛人，把自己崇高的思想當作他們的。女人的錯誤，差不多老是因為相信善，或是相信真。

「我親愛的阿納德，我最親愛的」這些字眼，傳到歐也妮心中竟是愛情最美的語言，把她聽得飄飄然，好像童年聽到大風琴上再三奏著「來啊，咱們來崇拜上帝」這幾個莊嚴的音符，覺得萬分悅耳一樣。並且查理眼中還噙著淚水，更顯出他的心地高尚，而心地高尚是最容易使少女著迷的。

她又怎麼知道查理這樣的愛父親、這樣真誠的哭他，並非出於什麼了不得的至情至性，而是因為做父親的實在太好的緣故。在巴黎，一般做兒女的，對父母多少全有些可怕的打算，或者看到了巴黎生活的繁華，有些欲望、有些計畫老是因父母在堂而無法實現，覺得苦悶。琪奧默・葛朗臺夫婦卻對兒子永遠百依百順，讓他窮奢極侈的享盡富貴，所以查理才不至於對父母想到那些可怕的念頭。父親不惜為了兒子揮金如土，終於在兒子心中培養起一點純粹的孝心。

然而查理究竟是一個巴黎青年，當地的風氣與阿納德的陶養，把他訓練得對什麼都得計算一下；他表面上年輕，實際上已經是一個深於世故的老人。他受到巴黎社會的可怕的教育，眼見一個夜晚在思想上說話上所犯的罪，可能比重罪法庭所懲罰的還要多。信口雌黃，把最偉大的思想詆毀無餘，而美其名曰妙語高論。風氣所播，竟以目光準確為強者之道。所謂目光準確，乃是全無信念，既不信情感，也不信人物，也不信事實，而從事於假造事實。在這個社會裡，要目光準確就得每天早上把朋友的錢袋掂過斤兩，對任何事情都得像政客一般不動感情。眼前對什麼都不能欽佩讚美，既不可讚美藝術品，也不可讚美高尚的行為。對什麼事都應當把個人的利益看作高於一切。

那位貴族太太，美麗的阿納德，在瘋瘋癲癲調情賣俏之後，教查理一本正經的思索了：她把香噴噴的手摩著他的頭髮，跟他討論他的前程；一邊替他重做髮捲，一邊教他為人生打算。她把他變成女性化而又實際化。那是從兩方面使他腐化，可是使他腐化的手段，做得高雅巧妙，不同凡俗。

「查理，你真傻，」她對他說，「教你懂得人生，真不容易。你對臺・呂博先生的態度很不好。我知道他是不大高尚的人，可是等他失勢之後你再稱心如意的鄙薄他呀。你知道剛榜太太的教訓嗎？──孩子，只要一個人在臺上，就得盡量崇拜他；一旦下了臺，再趕快把他拖上垃圾堆。有權有勢的時候，他就是上帝；給人家擠倒了，還不如石像被塞在陰溝裡的馬拉[2]，因為馬拉已經死了，而他還活著。人生是一連串縱橫捭闔的把戲，要研究、要時時刻刻的注意，一個人才能維持他優越的地位。」

以查理那樣的一個時髦人物，父母太溺愛他、社會太奉承他，根本談不到有何偉大的情感。母親種在他心裡的一點點真金似的品性，散到巴黎這架螺旋機中去了。這點品性，他平時就應用得很淺薄，而且多所摩擦之後，遲早要磨蝕完的。

但那時查理只有二十一歲。在這個年紀上，生命的朝氣似乎跟心靈的坦白還分不開。聲音、目光、面貌，都顯得與情感調和。所以當一個人眼神清澈如水，額上還沒有一道皺痕的時候，縱使最無情的法官、最不輕信人的訟師、最難相與的債主，也不敢貿然斷定他的心已老於世故、工於計算。巴黎哲學的教訓，查理從沒機會實地應用過，至此為止，他的美是美在沒有經驗。可是不知不覺之間，他血裡已經種下了自私自利的疫苗。巴黎人的那套政治經濟，已經潛伏在他心頭，只要他從優閒的旁觀者一變而為現實生活中的演員，這些潛在的根苗便會立刻開花。

幾乎所有的少女都會相信外貌的暗示，以為人家的心地和外表一樣的美。但即使歐也妮像某些外省姑娘一樣的謹慎小心、一樣的目光深遠，在堂弟的舉動、言語、行為，與心中憧憬還內外一致的時候，歐也妮也不見得會防他。一個偶然的機會，對歐也妮是致命傷，使她在堂弟年輕的心中，看到他最後一次的流露真情，聽到他良心的最後幾聲歎息。

她把這封她認為充滿愛情的信放下，心滿意足的端詳著睡熟的堂弟：她覺得這張臉上還有人生的新鮮的幻象。她先暗暗發誓要始終不渝的愛他。末了她的眼睛又轉到另一封信上，再也不覺得這種冒昧的舉動有什麼了不得了。並且她看這封信，主要還是想對堂弟高尚的人格多找些新證據。而這高尚的人格，原是她像所有的女子一樣推己及人的假借給愛人的：

> 親愛的阿風斯，你讀到這封信的時候，我已經沒有朋友了。可是我儘管懷疑那班滿口友誼的俗人，卻沒有懷疑你的友誼。所以我託你料理事情，相信你會把我所

---

2 馬拉為法國大革命的領袖之一，死後他的石像曾被群眾塞在蒙馬特的陰溝裡。

有的東西賣得好價。我的情形，想你已經知道。我一無所有了，想到印度去。剛才我寫信給所有我有些欠帳的人，憑我記憶所及，附上清單一紙，我的藏書、家具、車輛、馬匹等等，大概足以抵償我的私債。凡是沒有什麼價值的玩意，可以作為我做買賣的底子的，都請留下。

親愛的阿風斯，為出售那些東西，我稍緩當有正式的委託書寄上，以免有人異議。請你把我全部的槍械寄給我。至於勃列東，你可以留下自用。這匹駿馬是沒有人肯出足價錢的，我寧願送給你，好像一個臨死的人把常戴的戒指送給他的遺囑執行人一樣。法萊-勃萊曼車行給我造了一輛極舒服的旅行車，還沒有交貨，你想法教他們留下車子，不再要我補償損失。倘使不肯，另謀解決也可以，總以不損害我目前處境中的名譽為原則。我欠那個島國人六路易賭債，不要忘記還給他……

「好弟弟。」歐也妮暗暗叫著，丟下了信，拿了蠟燭踮著小步溜回臥房。

到了房裡，她快活得什麼似的打開舊橡木櫃的抽屜——文藝復興時最美的家具之一，上面還模模糊糊看得出法蘭西斯一世的王徽。她從抽屜內拿出一個金線墜子金銀線繡花的紅絲絨錢袋，外祖母遺產裡的東西。然後她很驕傲的掂了掂錢袋的分量，把她已經忘了數目的小小的積蓄檢點一番。

她先理出簇新的二十枚葡萄牙金洋，一七二五年約翰五世鑄造，兌換率是每枚值葡幣五元，或者據她父親說，等於一百六十八法郎六十四生丁，但一般公認的市價可以值到一百八十法郎，因為這些金洋是罕有之物，鑄造極精，黃澄澄的光彩像太陽一般。

其次，是熱那亞幣一百元一枚的金洋五枚，也是稀見的古錢，每枚值八十七法郎，古錢收藏家可以出到一百法郎。那是從外曾祖特·拉·裴德里埃那裡來的。

其次，是三枚西班牙金洋，一七二九年費利佩五世鑄造。香蒂埃太太給她的時候老是說：「這小玩意、這小人頭，值到九十八法郎！好女孩，你得好好保存，將來是你私庫裡的寶物。」

其次，是她父親最看重的一百荷蘭達克特，一七五六年鑄造，每枚約值十三法郎。成色是二十三開又零，差不多是十足的純金。

其次，是一批罕見的古物……一班守財奴最珍視的金徽章，三枚刻著天平的盧比，五枚刻著聖母的盧比[3]，都是二十四開的純金，蒙古大帝的貨幣，本身的價值是每枚三

3 按此處所稱盧比，係指印度東部之貨幣。

十七法郎四十生丁，玩賞黃金的收藏家至少可以出到五十法郎。

其次，是前天才拿到，她隨便丟在袋裡的四十法郎一枚的拿破崙。

這批寶物之中，有的是全新的、從未用過的金洋，真正的藝術品，葛朗臺不時要問到，要拿出來瞧瞧，以便向女兒指出它們本身的美點，例如邊緣的做工如何細巧，底子如何光亮，字體如何豐滿，筆畫的輪廓都沒有磨蝕分毫等等。

但歐也妮那天夜裡既沒想到金洋的珍貴，也沒想到父親的癖性，更沒想到把父親這樣珍愛的寶物脫手是如何危險。不，她只想到堂弟，計算之下——算術上自然不免有些小錯——她終於發覺她的財產大概值到五千八百法郎，照一般的市價可以賣到六千法郎。

看到自己這麼富有，她不禁高興得拍起手來，有如一個孩子快活到了極點，必須用肉體的動作來發洩一下。這樣，父女倆都盤過了自己的家私：他是為了拿黃金去賣；歐也妮是為了把黃金丟入愛情的大海。

她把金幣重新裝入錢袋，毫不遲疑的提了上樓。堂弟瞞著不給人知道的窘況，使她忘了黑夜、忘了體統，而且她的良心、她的犧牲精神、她的快樂，一切都在壯她的膽。

正當她一手蠟燭一手錢袋，踏進門口的時候，查理醒了，一見他的堂姊，便愣住了。歐也妮進房把燭火放在桌上，聲音發抖的說：

「弟弟，我做了一樁非常對不起你的事，但要是你肯寬恕的話，上帝也會原諒我的罪過。」

「什麼事呀？」查理擦著眼睛問。

「我把這兩封信都念過了。」

查理臉紅了。

「怎麼會念的，」她往下說，「我為什麼上樓的，老實說，我現在都想不起了。可是我念了這兩封信覺得也不必後悔，因為我識得了你的靈魂、你的心，還有……」

「還有什麼？」查理問。

「還有你的計畫，你需要一筆款子……」

「親愛的姊姊……」

「噓，噓，弟弟，別高聲，別驚動了人。」她一邊打開錢袋一邊說，「這是一個可憐的姑娘的積蓄，她根本沒有用處。查理，你收下罷。今天早上，我還不知道什麼叫做金錢，是你教我弄明白了，錢不過是一種工具。堂兄弟就跟兄弟差不多，你總可以借用姊姊的錢吧？」

一半還是少女一半已經成人的歐也妮，不曾防到他會拒絕，可是堂弟一聲不出。

「嗳，你不肯收嗎？」歐也妮問。靜寂中可以聽到她的心跳。

堂弟的遲疑不決使她著了慌，但他身無分文的窘況，在她腦海裡愈加顯得清楚了，她便雙膝跪下，說道：

「你不收，我就不起來！弟弟，求你開一聲口，回答我呀！讓我知道你肯不肯賞臉，肯不肯大度包容，是不是……」

一聽到這高尚的心靈發出這絕望的呼聲，查理不由得落下淚來，掉在歐也妮手上，他正握著她的手不許她下跪。歐也妮受到這幾顆熱淚，立刻跳過去抓起錢袋，把錢倒在桌上。

「那麼你收下了，嗯？」她快活得哭著說，「不用怕，弟弟，你將來會發財的，這些金子對你有利市的，將來你可以還我，而且我們可以合夥，什麼條件都行。可是你不用把這筆禮看得那麼重啊。」

這時查理才能夠把心中的情感表白出來：「是的，歐也妮，我再不接受，未免太小心眼了。可是不能沒有條件，你信託我，我也得信託你。」

「什麼意思？」她害怕的問。

「聽我說，好姊姊，我這裡有……」

他沒有說完，指著衣櫃上裝在皮套裡的一口方匣子。

「你瞧，這裡有一樣東西，我看得和性命一樣寶貴。這匣子是母親給我的。從今天早上起我就想到，要是她能從墳墓裡走出來，她一定會親自把這匣上的黃金賣掉，你看她當初為了愛我，花了多少金子，但要我自己來賣，真是太褻瀆了。」

歐也妮聽到最後一句，不禁顫巍巍的握著堂弟的手。

他們靜默了一會，彼此用水汪汪的眼睛望著，然後他又說：

「不，我既不願把它毀掉，又不願帶著去冒路上的危險。親愛的歐也妮，我把它交託給你。朋友之間，從沒有交託一件比這個更神聖的東西。你看過便知道。」

他過去拿起匣子，卸下皮套，揭開蓋子，傷心的給歐也妮看。手工的精巧，使黃金的價值超過了本身重量的價值，把歐也妮看得出神了。

「這還不算稀罕，」他說著揿了一下暗鈕，又露出一個夾底，「瞧，我的無價之寶在這裡呢。」

他掏出兩張肖像，都是特·彌爾貝夫人[4]的傑作，四周鑲滿了珠子。

4 特·彌爾貝夫人為當時有名的小型肖像畫家。

「哦！多漂亮的人！這位太太不就是你寫信去……」

「不，」他微微一笑，「是我的母親，那是父親，就是你的叔叔嬸嬸。歐也妮，我真要跪著求你替我保存這件寶物。要是我跟你小小的家私一齊斷送了，這些金子可以補償你的損失。兩張肖像我只肯交給你，你才有資格保留，可是你寧可把它們毀掉，也絕不能落在第二個人手中……」

歐也妮一聲不出。

「那麼你答應了，是不是？」他嫵媚地補上一句。

聽了堂弟這些話，她對他望了一眼，那是鍾情的女子第一次瞧愛人的眼風，又愛嬌又深沉。查理拿她的手吻了一下。

「純潔的天使！咱們之間，錢永遠是無所謂的，是不是？只有感情才有價值，從今以後應當是感情高於一切。」

「你很像你的母親。她的聲音是不是像你的一樣溫柔？」

「哦！溫柔多哩……」

「對你是當然嘍，」她垂下眼皮說，「喂，查理，睡覺罷，我要你睡，你累了。明天見。」

他拿著蠟燭送她，她輕輕的把手從堂弟手裡掙脫。兩人一齊走到門口，他說：

「啊！為什麼我的家敗光了呢？」

「不用急，我父親有錢呢，我相信。」她回答說。

查理在房內走前了一步，背靠著牆壁：

「可憐的孩子，他有錢就不會讓我的父親死了，也不會讓你日子過得這麼苦，總之他不是這麼生活的。」

「可是他有法勞豐呢。」

「法勞豐能值多少？」

「我不知道，可是他還有諾阿伊哀。」

「一些普普通通的租田！」

「還有葡萄園跟草原……」

「那更談不上了，」查理滿臉瞧不起的神氣，「如果你父親一年有兩萬四千法郎收入，你還會住這間又冷又寒酸的臥房嗎？」他一邊說一邊提起左腳向前走了一步，「我的寶貝就得藏在這裡面嗎？」他指著一口舊箱子問，藉此掩飾一下他的想法。

「去睡罷。」她不許他走進凌亂的臥房。

查理退了出去，彼此微微一笑，表示告別。

兩人做著同樣的夢睡去，從此查理在守喪的心中點綴了幾朵薔薇。

隔一天早上，葛朗臺太太看見女兒在午飯之前陪著查理散步。他還是愁容滿面，正如一個不幸的人墮入了憂患的深淵、估量到苦海的深度、感覺到將來的重擔以後的態度。

歐也妮看見母親臉上不安的神色，便說：

「父親要到吃晚飯的時候才回來呢。」

歐也妮的神色、舉動、顯得特別溫柔的聲音，都表示她與堂弟精神上有了默契。也許愛情的力量雙方都沒有深切的感到，可是他們的精神已經熱烈地融成一片。查理坐在堂屋裡暗自憂傷，誰也不去驚動他。三個女子都有些事情忙著。

葛朗臺忘了把事情交代好，家中來了不少人。瓦匠、鉛管匠、泥水匠、土方工人、木匠、種園子的、管莊稼的，有的來談判修理費，有的來付田租，有的來收帳。葛朗臺太太與歐也妮不得不來來往往，跟嘮叨不已的工人和鄉下人答話。拿儂把人家送來抵租的東西搬進廚房。她老是要等主人發令，才能知道哪些該留在家裡，哪些該送到菜場上去賣。葛朗臺老頭的習慣，和外省大多數的鄉紳一樣，喝的老是壞酒，吃的老是爛果子。

傍晚五點光景，葛朗臺從昂熱回來了，他把金子換了一萬四千法郎，荷包裡藏著王家庫券，在沒有拿去購買公債以前還有利息可拿。他把高諾阿萊留在昂熱，照顧那幾匹累得要死的馬，等馬都將養好了再慢慢趕回。

「太太，我從昂熱回來呢，」他說，「我肚子餓了。」

「從昨天到現在沒有吃過東西嗎？」拿儂在廚房裡嚷著問。

「沒有。」老頭子回答。

拿儂端上菜湯。全家正在用飯，臺．格拉桑來聽取他主顧的指示了。葛朗臺老頭簡直沒有看到他的侄兒。

「你先吃飯罷，葛朗臺，」銀行家說，「咱們等會再談。你知道昂熱的金價嗎？有人特地從南特趕去收買。我想送一點去拋售。」

「不必了，」好傢伙回答說，「已經到了很多。咱們是好朋友，不能讓你白跑一趟。」

「可是金價到了十三法郎五十生丁呢。」

「應當說到過這個價錢。」

「你鬼使神差的又從哪裡來呀？」

「昨天夜裡我到了昂熱。」葛朗臺低聲回答。

銀行家驚訝得打了一個寒噤。隨後兩人咬著耳朵交談，談話中，臺．格拉桑與葛朗臺對查理望了好幾次。大概是老箍桶匠說出要銀行家買進十萬法郎公債的時候吧，臺·格拉桑又做了一個驚訝的動作。他對查理說：

「葛朗臺先生，我要到巴黎去，要是你有什麼事叫我辦……」

「沒有什麼事，先生，謝謝你。」查理回答。

「能不能再謝得客氣一點，侄兒？他是去料理琪奧默·葛朗臺號子的事情的。」

「難道還有什麼希望嗎？」查理問。

「哎，」老箍桶匠驕傲的神氣裝得逼真，「你不是我的侄兒嗎？你的名譽便是我們的。你不是姓葛朗臺嗎？」

查理站起來，抓著葛朗臺老頭擁抱了，然後臉色發白的走了出去。歐也妮望著父親，欽佩到了萬分。

「行了，再會吧，好朋友。一切拜託，把那班人灌飽迷湯再說。」

兩位軍師握了握手，老箍桶匠把銀行家一直送到大門，然後關了門回來，埋在安樂椅裡對拿儂說：

「把水果酒拿來！」

但他過於興奮了，沒法坐下，起身瞧了瞧特·拉·裴德里埃先生的肖像，踏著拿儂所謂的舞步，嘴裡唱起歌來：

法蘭西的御林軍中哎，

我有過一個好爸爸……

拿儂、葛朗臺太太、歐也妮，不聲不響的彼此瞪了一眼。老頭子快樂到極點的時候，她們總有些害怕。

晚會不久就告結束。先是葛朗臺老頭要早睡，而他一睡覺，家裡便應當全體睡覺：正好像奧古斯都一喝酒，波蘭全國都該醉倒[5]。其次，拿儂、查理、歐也妮，疲倦也不下於主人。至於葛朗臺太太，一向是依照丈夫的意志睡覺、吃喝、走路的。可是在飯後等待消化的兩小時之中，從來沒有那麼高興的老箍桶匠，發表了他的不少怪論，我們只要舉出一兩句，就可見出他的思想。他喝完了水果酒，望著杯子說：「嘴唇剛剛碰到，杯子就乾了！做人也是這樣。不能要了現在，又要過去。錢不能

5 係指十七至十八世紀時的奧古斯都二世，上述二句係形容奧古斯都好宴飲的俗諺。

又花出去又留在你袋裡。要不然人生真是太美了。」

他說說笑笑，和氣得很。拿儂搬紡車來的時候，他說：

「你也累了，不用績麻了。」

「啊，好！……不過我要厭煩呢。」女傭人回答。

「可憐的拿儂！要不要來一杯水果酒？」

「啊！水果酒，我不反對，太太比藥劑師做得還要好。他們賣的哪裡是酒，竟是藥。」

「他們糖放得太多，一點酒味都沒了。」老頭子說。

隔一天早上八點鐘，全家聚在一塊用早餐的時候，第一次有了和樂融融的氣象。苦難已經使葛朗臺太太、歐也妮和查理精神上有了聯繫，連拿儂也不知不覺的同情他們。四個人變了一家。

至於葛朗臺老頭，吝嗇的欲望滿足了，眼見花花公子不久就要動身，除了到南特的旅費以外不用他多花一個錢，所以雖然家裡住著這個客，他也不放在心上了。他聽任兩個孩子——對歐也妮與查理他是這樣稱呼的——在葛朗臺太太監督之下自由行動。關於禮教的事，他是完全信任太太的。草原與路旁的土溝要整理，羅亞爾河畔要種白楊，法勞豐和莊園有冬天的工作，使他沒有工夫再管旁的事。

從此，歐也妮進入了愛情裡的春天。自從她半夜裡把財寶送給了堂弟之後，她的心也跟著財寶一起去了。兩人懷著同樣的祕密，彼此瞧望的時候都表示出心心相印的瞭解，把他們的情感加深了，更親密、更相契，使他們差不多生活在另一個世界上。親族之間不作興有溫柔的口吻與含情的目光麼？因此歐也妮竭力使堂弟領略愛情初期的、兒童般的歡喜，來忘掉他的痛苦。

愛情的開始與生命的開始，頗有些動人的相似之處。我們不是用甜蜜的歌聲與和善的目光催眠孩子嗎？我們不是對他講奇妙的故事，點綴他的前程嗎？希望不是對他老展開著光明的翅翼嗎？他不是忽而樂極而涕，忽而痛極而號嗎？他不是為了一些無聊的小事爭吵嗎，或是為了造活動宮殿的石子，或是為了摘下來就忘掉的鮮花？他不是拚命要抓住時間，急於長大嗎？戀愛是我們第二次的脫胎換骨。在歐也妮與查理之間，童年與愛情簡直是同一件事：初戀的狂熱，附帶著一切應有的瘋癲，使原來被哀傷包裹的心格外覺得安慰。

這愛情的誕生是在喪服之下掙扎出來的，所以跟這所破舊的屋子，與樸素的外省氣息更顯得調和。在靜寂的院子裡，靠井邊與堂姊交談幾句；坐在園中長滿青苔的凳上，一本正經的談著廢話，直到日落時分；或者在圍牆下寧靜的氣氛中，好似在教堂的拱廊下面，一同默想：查理這才懂得了愛情的聖潔。

因為他的貴族太太、他親愛的阿納德，只給他領略到愛情中暴風雨般的騷動。這時他離開了愛嬌的、虛榮的、熱鬧的、巴黎式的情欲，來體味真正而純粹的愛。他喜歡這屋子，也不覺得這屋裡的生活習慣如何可笑了。

他清早就下樓，趁葛朗臺沒有來分配糧食之前，跟歐也妮談一會，一聽到老頭子的腳步聲在樓梯上響，他馬上溜進花園。這種清晨的約會，連母親也不知道而拿儂裝作沒看見的約會，使他們有一點小小的犯罪感覺，為最純潔的愛情添上幾分偷嘗禁果似的快感。等到用過早餐，葛朗臺出門視察田地與種植的時光，查理便跟母女倆在一起，幫她們繞線團，看她們做活，聽她們閒話，體味那從來未有的快樂。

這種近乎修道院生活的樸素，把他看得大為感動，從而認識這兩顆不知世界為何物的靈魂之美。他本以為法國不可能再有這種風氣，要就在德國，而且只是荒唐無稽的存在於奧古斯都·拉封丹[6]的小說之中。可是不久他發覺歐也妮竟是理想中的歌德的瑪格麗特，而且還沒有瑪格麗特的缺點。

一天又一天，他的眼神、說話，把可憐的姑娘迷住了，一任愛情的熱浪擺布。她抓著她的幸福，猶如游泳的人抓著一根楊柳枝條想上岸休息。日子飛一般的過去，其間最愉快的時光，不是已經為了即將臨到的離別而顯得淒涼黯淡嗎？每過一天，總有一些事提醒他們。

臺・格拉桑走了三天之後，葛朗臺帶了查理上初級裁判所，莊嚴得不得了，那是外省人在這種場合慣有的態度。他教查理簽了一份拋棄繼承權的聲明書。可怕的聲明！簡直是離宗叛教似的文件。他又到克羅旭公證人那裡，繕就兩份委託書，一份給臺・格拉桑，一份給代他出售家具的朋友。隨後他得填寫申請書領取出國的護照。末了當查理定做的簡單的孝服從巴黎送來之後，他在索漠城裡叫了一個裁縫來，把多餘的衣衫賣掉。

這件事教葛朗臺老頭大為高興。他看見侄兒穿著粗呢的黑衣服時，便說：

「這樣才像一個想出門發財的人哩。好，很好！」

「放心，伯父，」查理回答，「我知道在我現在的地位怎樣做人。」

老頭子看見查理手中捧著金子，不由得眼睛一亮，問道：

「做什麼？」

6 奧古斯都・拉封丹為十八至十九世紀時的德國小說家。

「伯父，我把鈕扣、戒指，所有值幾個錢的小東西集了起來，可是我在索漠一個人都不認識，想請你……」

「叫我買下來嗎？」葛朗臺打斷了他的話。

「不是的，伯父，想請你介紹一個規規矩矩的人……」

「給我吧，侄兒，我到上面去替你估一估，告訴你一個準確的價值，差不了一生丁。」他把一條長的金鏈瞧了瞧說，「這是首飾金，十八開到十六開。」

老頭子伸出大手把大堆金子拿走了。

「姊姊，」查理說，「這兩顆鈕子送給你，繫上一根絲帶，正好套在手腕裡。現在正時行這種手鐲。」

「我不客氣，收下了，弟弟。」她說著對他會心的望了一眼。

「伯母，這是先母的針箍，我一向當作寶貝般放在旅行梳妝匣裡的。」查理說著，把一個玲瓏可愛的金頂針送給葛朗臺太太，那是她想了十年而沒有到手的東西。老母親眼中含著淚，回答說：

「真不知道怎樣謝你才好呢，侄兒。我做早課夜課的時候，要極誠心的禱告出門人的平安。我不在之後，歐也妮會把它保存的。」

「侄兒，一共值九百八十九法郎七十五生丁，」葛朗臺推門進來說，「免得你麻煩去賣給人家，我來給你現款吧……里弗作十足算。」

在羅亞爾河一帶，里弗作十足算的意思，是指六法郎一枚的銀幣，不扣成色，算足六法郎。

「我不敢開口要你買，」查理回答，「可是在你的城裡變賣首飾，真有點不好意思。拿破崙說過，髒衣服得躲在家裡洗。所以我得謝謝你的好意。」

葛朗臺搔搔耳朵，好一陣子大家都沒有話說。

「親愛的伯父，」查理不安的望著他，似乎怕他多疑，「姊姊跟伯母，都賞臉收了我一點小意思做紀念。你能不能也收下這副袖鈕，我已經用不著了，可是能教你想起一個可憐的孩子在外面沒有忘掉他的骨肉。從今以後他的親人只剩你們了。」

「我的孩子、我的孩子，你怎麼能把東西送光呢？……——你拿了什麼，太太？」他饞癆的轉過身來問，「啊！一個金頂針。——你呢，小乖乖？噢，鑽石搭扣。——好吧，孩子，你的袖鈕我拿了，」他握著查理的手，「可是答應我……替你付……你的是呀……上印度去的旅費。是的，你的路費由我來。尤其是，孩子，替你估首飾的時候，我只算了金子，也許手工還值點錢。所以，就這樣辦吧。我給你一千五百法郎……

里弗作十足算，那是向克羅旭借的，家裡一個銅子都沒有了，除非班羅德把欠租送來。對啦，對啦，我就得找他去。」

他拿了帽子，戴上手套，走了。

「你就走了嗎？」歐也妮說著，對他又悲哀又欽佩的望了一眼。

「該走了。」他低下頭回答。

幾天以來，查理的態度、舉動、言語，顯出他悲痛到了極點，可是鑒於責任的重大，已經在憂患中磨練出簇新的勇氣。他不再長吁短歎，他變為大人了。所以看到他穿著粗呢的黑衣服下樓，跟蒼白的臉色與憂鬱不歡的神態非常調和的時候，歐也妮把堂弟的性格看得更清楚了。

這一天，母女倆開始戴孝，和查理一同到本區教堂去參加為琪奧默・葛朗臺舉行的追思彌撒。

午飯時分，查理收到幾封巴黎的來信，一齊看完了。

「喂，弟弟，事情辦得滿意嗎？」歐也妮低聲問。

「女兒，不作興問這些話，」葛朗臺批評道，「嘿！我從來不說自己的事，你幹嘛要管堂弟的閒事？別打攪他。」

「噢！我沒有什麼祕密哪。」查理說。

「咄，咄，咄，咄！侄兒，以後你會知道，做買賣就得嘴緊。」

等到兩個情人走在花園裡的時候，查理挽著歐也妮坐在胡桃樹下的破凳上對她說：

「我沒有把阿風斯看錯，他態度好極了，把我的事辦得很謹慎很忠心。我巴黎的私債全還清了，所有的家具都賣了好價錢。他又告訴我，他請教了一個走遠洋的船主，把剩下的三千法郎買了一批歐洲的小玩意，可以在印度大大的賺一筆錢的貨。他把我的行李都發送到南特，那邊有一條船開往爪哇。不出五天，歐也妮，我們得分別了，也許是永別，至少也很長久。我的貨，跟兩個朋友寄給我的一萬法郎，不過是小小的開頭。沒有好幾年我休想回來。親愛的姊姊，別把你的一生跟我的放在一起，我可能死在外面，也許你有機會遇到有錢的親事……」

「你愛我嗎？……」她問。

「噢！我多愛你。」音調的深沉顯得感情也是一樣的深。

「我等你，查理。喲，天哪！父親在樓窗口。」她把逼近來想擁抱她的堂弟推開。

她逃到門洞下面，查理一路跟著。她躲到樓梯腳下，打開了過道裡的門。後來不知怎的，歐也妮到了靠近拿儂的小房間，走道裡最黑的地方。一路跟著來的查理，抓住她的手放在他心口，挽了她的腰把她輕輕的貼在自己身上。歐也妮不再撐拒了，她受了，也給了一個最純潔、最溫馨、最傾心相與的親吻。

「親愛的歐也妮，」查理說，「堂弟勝過兄弟，他可以娶你。」

「好吧，一言為定！」拿儂打開她黑房間的門嚷道。

兩個情人吃了一驚，溜進堂屋，歐也妮拿起她的活計，查理拿起葛朗臺太太的禱告書念著《聖母經》。

「呦！」拿儂說，「咱們都在禱告哪。」

查理一宣布行期，葛朗臺便大忙特忙起來，表示對侄兒的關切，凡是不用花錢的地方他都很闊氣。他去找一個裝箱的木匠，回來卻說箱子要價太高，便自告奮勇，定要利用家中的舊板由他自己來做。他清早起身，把薄板鋸呀、刨呀、釘呀，釘成幾口很好的箱子，把查理的東西全部裝了進去。他又負責裝上船，保了險，從水道運出，以便準時送到南特。

自從過道裡一吻之後，歐也妮愈發覺得日子飛也似的快得可怕。有時她竟想跟堂弟一起走。凡是領略過最難分割的熱情的人，領略過因年齡、時間、不治的疾病或什麼宿命的打擊，以致熱情存在的時期一天短似一天的人，便不難懂得歐也妮的苦惱。她常常在花園裡一邊走一邊哭，如今這園子、院子、屋子、城，對她都太窄了，她已經在茫無邊際的大海上飛翔。

終於到了動身的前夜。早上，趁葛朗臺與拿儂都不在家，藏有兩張肖像的寶匣，給莊嚴的放進了櫃子上唯一有鎖鑰而放著空錢袋的抽屜。存放的時候免不了幾番親吻幾番流淚。歐也妮把鑰匙藏在胸口的時候，竟沒有勇氣阻止查理親吻她的胸脯。

「它永久在這裡，朋友。」

「那麼我的心也永久在這裡。」

「啊！查理，這不行。」她略帶幾分埋怨的口氣。

「我們不是已經結婚了嗎？」他回答，「你已經答應了我，現在要由我來許願了。」

「永久是你的！」這句話雙方都說了兩遍。世界上再沒比這個誓約更純潔的了：歐也妮的天真爛漫，一剎那間把查理的愛情也變得神聖了。

下一天早上，早餐是不愉快的。拿儂雖然受了查理的金繡睡衣與掛在胸間的十字架，還沒有被感情蒙蔽，這時卻也禁不住含了眼淚。

「可憐的好少爺，要去飄洋過海……但願上帝保佑他！」

十點半，全家出門送查理搭去南特的驛車。拿儂放了狗，關了街門，定要替查理提隨身的小包。老街上所有做買賣的，都站在門口看他們一行走過，到了廣場，還有公證人候在那裡。

「歐也妮，等會別哭。」母親囑咐她。

葛朗臺在客店門口擁抱查理，吻著他的兩頰：

「侄兒，你光身去，發了財回來，你父親的名譽絕不會有一點兒損害。我葛朗臺敢替你保險，因為那時候，都靠你……」

「啊！伯父！這樣我動身也不覺得太難受了。這不是你送我的最好的禮物嗎！」

查理把老箍桶匠的話打斷了，根本沒有懂他的意思，卻在伯父面皰累累的臉上流滿了感激的眼淚，歐也妮用力握著堂弟和父親的手。只有公證人在那裡微笑，暗暗佩服葛朗臺的機巧，因為只有他懂得老頭子的心思[7]。

四個索漠人，周圍還有幾個旁人，站在驛車前面一直等到它出發。然後當車子在橋上看不見了，只遠遠聽到聲音的時候，老箍桶匠說了聲：

「一路順風！」

幸而只有克羅旭公證人聽到這句話。歐也妮和母親已經走到碼頭上還能望見驛車的地方，揚著她們的白手帕，查理也在車中揚巾回答。等到歐也妮望不見查理的手帕時，她說：

「母親，要有上帝的法力多好啊！」

為了不要岔斷以後葛朗臺家中的事，且把老頭子託臺・格拉桑在巴黎辦的事情提前敘述一下。銀行家出發了一個月之後，葛朗臺在國庫的總帳上登記了正好以八十法郎買進的十萬公債。這多疑的傢伙用什麼方法把買公債的款子撥到巴黎，直到他死後，人家編造他的財產目錄時都無法知道。

克羅旭公證人認為是拿儂不自覺的做了運送款子的工具。因為那個時節，女僕有五天不在家，說是到法勞豐收拾東西去，彷彿老頭子真會有什麼東西丟在那裡不收起來似的。關於琪奧默・葛朗臺號子的事，竟不出老箍桶匠的預料。

大家知道，法蘭西銀行對巴黎與各省的巨富都有極準確的調查。索漠的臺・格拉桑與斐列克斯・葛朗臺都榜上有名，而且像一般擁有大地產而絕對沒有抵押出去的金融家

7 葛朗臺那句沒有說完的話應當是：都靠你發了財回來償還父親的債。

一樣，信用極好。所以索漠的銀行家到巴黎來清算葛朗臺債務的傳說，立刻使債權人放棄了簽署拒絕證書[8]的念頭，從而使已故的葛朗臺少受了一次羞辱。財產當著債權人的面啟封，本家的公證人照例進行財產登記。

不久，臺．格拉桑把債權人召集了，他們一致推舉索漠的銀行家和一家大商號的主人、同時也是主要債權人之一的弗朗索瓦．凱勒，為清算人，把挽救債權與挽回葛朗臺的信譽兩件事，一齊委託了他們。索漠的葛朗臺的信用，加上臺．格拉桑銀號代他做的宣傳，使債權人都存了希望，因而增加了談判的便利，不肯就範的債主居然一個都沒有。誰也不曾把債權放在自己的盈虧總帳上計算過，只想著：

「索漠的葛朗臺會償還的！」

六個月過去了，那些巴黎人把轉付出去的葛朗臺債券清償了，收回來藏在皮包裡。這是老箍桶匠所要達到的第一個目標。

第一次集會以後九個月，兩位清算人發了百分之四十七給每個債權人。這筆款子是把已故的葛朗臺的證券、動產、不動產，以及一切零星雜物變賣得來的，變賣的手續做得極精密。

那次的清算辦得公正規矩，毫無弊竇。債權人一致承認葛朗臺兩兄弟的信譽的確無可批評。等到這種讚美的話在外面傳播了一番以後，債權人要求還餘下的部分了。那時他們寫了一封全體簽名的信給葛朗臺。

「嗯，哼！這個嗎？」老箍桶匠把信往火裡一扔，「朋友們，耐一耐性子吧。」

葛朗臺的答覆，是要求把所有的債權文件存放在一個公證人那裡，另外附一張已付款項的收據，以便核對帳目，把遺產的總帳軋清。這個條件立刻引起了無數的爭執。

債主通常總是脾氣古怪的傢伙：今天預備成立協議了，明天又嚷著燒呀殺呀，把一切都推翻；過了一晌，又忽然的軟下來。今天，他的太太興致好，小兒子牙齒長得順利，家裡什麼都如意，他便一個銅子都不肯吃虧；明天，逢著下雨，不能出門，心裡愍悶得慌，只消一件事情能夠結束，便任何條件都肯答應；後天，他要擔保品了；月底，他要你全部履行義務，非把你逼死不可了，這劊子手！大人開小孩子玩笑，說要捉小鳥，只消把一顆鹽放在牠尾巴上。世界上要有這種呆鳥的話，就是債主了。或者是他們把自己的債權看作那樣的呆鳥，結果是永遠撲一個空。

葛朗臺留神觀看債主的風色，而他兄弟的那批債主的確不出他所料。有的生氣了，

8 拒絕證書係債主證明債務人到期不清償債務的文件。

把存放證件一節乾脆拒絕了。

「好吧，好得很。」葛朗臺念著臺．格拉桑的來信，搓著手說。

另外一批債權人答應提交證件，可是要求把他們的權利確切證明一下，聲明任何權利都不能放棄，甚至要保留宣告破產的權利。再通信、再磋商，結果索漠的葛朗臺把對方提出保留的條件全部接受了。獲得了這點讓步之後，溫和派的債主把激烈派的勸解了。大家咕嚕了一陣，證件終於交了出來。

「這好傢伙，」有人對臺．格拉桑說，「簡直跟你和我們開玩笑。」

琪奧默．葛朗臺死了兩年差一個月的時候，許多商人給巴黎市場的動盪攪昏了，把葛朗臺到期應付的款項也忘了，或者即使想到，也不過是「大概百分之四十七就是我們所能到手的全部了」一類的想法。

老箍桶匠素來相信時間的力量，他說時間是一個好小鬼。第三年年終，臺．格拉桑寫信給葛朗臺，說債權人已經答應，在結欠的二百四十萬法郎中再收一成，就可把債券交還。

葛朗臺覆信說，鬧了虧空把他兄弟害死的那個公證人和經紀人，倒逍遙的活著！他們不應當負擔一部分嗎？現在要對他們起訴，逼他們拿出錢來，減輕一點我們這方面的虧累。

第四年終了，欠款的數目講定了十二萬法郎。然後清算人與債權人、清算人與葛朗臺，往返磋商，拖了六個月之久。總而言之，等到葛朗臺被逼到非付不可的時節，在那年的第九個月，他又回信給兩位清算人，說他侄子在印度發了財，向他表示要把亡父的債務全部歸清。他不能擅自了結這筆債，要等侄子回音。

第五年過了一半，債權人還是給「全部歸清」幾個字搪塞著，老奸巨猾的箍桶匠暗地裡笑著，把「全部歸清」的話不時說一遍。每逢嘴裡提到「這些巴黎人！……」時，他總得附帶一副陰險的笑容，賭一句咒。可是那些債主最後的命運，卻是商場大事紀上從來未有的紀錄。後來，當這個故事的發展使他們重新出場的時候，他們所處的地位，還是當初給葛朗臺凍結在那裡的地位。

公債漲到一百十五法郎，葛朗臺老頭拋了出去，在巴黎提回二百四十萬法郎左右的黃金，和公債上的複利六十萬法郎，一齊倒進了密室內的木桶。

臺·格拉桑一直留在巴黎，因是：第一他當了國會議員；第二他雖然當了家長，卻給索漠的生活磨得厭煩死了，愛上了公主劇院最漂亮的一個女演員弗洛琳；他當年軍隊生活的習氣又在銀行家身上復活了。不用說，他的行為被索漠人一致認為傷風敗俗。

他太太還算運氣，跟他分了家，居然有魄力管理索漠的銀號，用她的名字繼續營業，把臺·格拉桑因荒唐而敗掉的家私設法彌補。幾位克羅旭推波助瀾，把這個活寡婦的尷尬地位弄得更糟，以致她的女兒嫁得很不得意，娶歐也妮·葛朗臺做媳婦的念頭也放棄了，阿道夫跟臺·格拉桑一起在巴黎，據說變得很下流。克羅旭他們終於得勝了。

「你丈夫真糊塗，」葛朗臺憑了抵押品借一筆錢給臺·格拉桑太太時說，「我代你抱怨，你倒是一個賢慧的太太。」

「啊！先生，」可憐的婦人回答說，「他從你府上動身到巴黎去的那一天，誰想得到他就此走上了壞路呢？」

「太太，皇天在上，我直到最後還攔著不讓他去呢。當時所長先生極想親自出馬的。我們現在才明白為什麼他爭著要去。」

這樣，葛朗臺便用不到再欠臺·格拉桑什麼情分了。

家庭的苦難

不論處境如何，女人的痛苦總比男人多，而且程度也更深。男人有他的精力需要發揮：他活動、奔走、忙亂、打主意，眼睛看著將來，覺得安慰。例如查理。但女人是靜止的，面對著悲傷無法分心，悲傷替她開了一個洞穴，讓她往下鑽，一直鑽到底，測量洞穴的深度，把她的願望與眼淚來填滿。例如歐也妮。她開始認識了自己的命運。感受、愛、受苦、犧牲，永遠是女人生命中應有的文章。歐也妮變得整個兒是女人了，卻並無女人應有的安慰。她的幸福，正如神學家博須埃刻畫入微的說法，彷彿在牆上找出來的釘子，隨你積得怎麼多，捧在手裡也永遠遮不了掌心的。悲苦絕不姍姍來遲的叫人久等，而她的一份就在眼前了。

查理動身的隔天，葛朗臺的屋子在大家眼裡又恢復了本來面目，只有歐也妮覺得突然之間空虛得厲害。瞞著父親，她要把查理的臥房保存他離開時的模樣。葛朗臺太太與拿儂，很樂意助成她這個維持現狀的願望。

「誰保得定他不早些回來呢？」她說。

「啊！希望他再來噢，」拿儂回答，「我服侍他慣了！多和氣，多好的少爺，臉龐兒又俏，頭髮鬈鬈的像個姑娘。」

歐也妮望著拿儂。

「哎喲，聖母馬利亞！小姐，你這副眼睛要入地獄的！別這樣瞧人呀。」

從這天起，葛朗臺小姐的美麗又是一番面貌。對愛情的深思，慢慢的浸透了她的心，再加上有了愛人以後的那種莊嚴，使她眉宇之間多添了畫家用光輪來表現的那種光輝。堂弟未來之前，歐也妮可以跟未受聖胎的童貞女相比；堂弟走了之後，她有些像做了聖母的童貞女：她已經感受了愛情。某些西班牙畫家把這兩個不同的馬利亞表現得那麼出神入化，成為基督教藝術中最多而最有光輝的造像。

查理走後，她發誓天天要去望彌撒。第一次從教堂回來，她在書店裡買了一幅環球全圖釘在鏡子旁邊，為了能一路跟堂弟上印度，早晚置身於他的船上，看到他，對他提出無數的問話，對他說：

「你好嗎？不難受嗎？你教我認識了北極星的美麗和用處，現在你看到了那顆星，想我不想？」

早上，她坐在胡桃樹下蟲蛀而生滿青苔的凳上出神，他們在那裡說過多少甜言蜜語，多少瘋瘋癲癲的廢話，也一起做過將來成家以後的美夢。她望著圍牆上空的一角青天，想著將來，然後又望望古老的牆壁，與查理臥房的屋頂。總之，這是孤獨的愛情，持久的、真正的愛情，滲透所有的思想，變成了生命的本體，或者像我們父輩所說的，變成了生命的素材。

晚上，那些自稱是葛朗臺老頭的朋友來打牌的時候，她裝作很高興，把真情藏起，但整個上午她跟母親與拿儂談論查理。拿儂懂得她可以對小主人表同情，而並不有虧她對老主人的職守，她對歐也妮說：

「要是有個男人真心對我，我會……會跟他入地獄。我會……喔……我會為了他送命，可是……沒有呀。人生一世是怎麼回事，我到死也不會知道的了。唉，小姐，你知道嗎，高諾阿萊那老頭，人倒是挺好的，老盯著我打轉，自然是為了我的積蓄嘍，正好比那些為了來嗅嗅先生的金子，有心巴結你的人。我看得很清，別看我像豬一樣胖，我可不傻呢。可是小姐，雖然他那個不是愛情，我也覺得高興。」

兩個月這樣過去了。從前那麼單調的日常生活，因大家關切歐也妮的祕密而有了生氣，三位婦人也因之更加親密。在她們心目中，查理依舊在堂屋灰暗的樓板下面走來走去。早晨、夜晚，歐也妮都得把那口梳妝匣打開一次，把嬸嬸的肖像端詳一番。

某星期日早上，她正一心對著肖像揣摩查理的面貌時，被母親撞見了。於是葛朗臺太太知道了侄兒與歐也妮交換寶物的可怕消息。

「你統統給了他！」母親驚駭之下說，「到元旦那天，父親問你要金洋看的時候，你怎麼說？」

歐也妮眼睛發直，一個上半天，母女倆嚇得半死，糊裡糊塗把正場的彌撒都錯過了，只能參加讀唱彌撒。

三天之內，一八一九年就要告終。三天之內就要發生大事，要演出沒有毒藥、沒有尖刀、沒有流血的平凡悲劇，但對於劇中人的後果，只有比彌賽納王族裡所有的慘劇還要殘酷。

「那怎麼辦？」葛朗臺太太把編織物放在膝上，對女兒說。

可憐的母親，兩個月以來受了那麼多的攪擾，甚至過冬必不可少的毛線套袖都還沒織好。這件家常小事，表面上無關重要，對她卻發生了不幸的後果。因為沒有套袖，後來在丈夫大發雷霆駭得她一身冷汗時，她中了惡寒。

「我想，可憐的孩子，要是你早告訴我，還來得及寫信到巴黎給臺·格拉桑先生。

他有辦法收一批差不多的金洋寄給我們。雖然你父親看得極熟，也許……」

「可是哪裡來這一大筆錢呢？」

「有我的財產做抵押呀。再說臺‧格拉桑先生可能為我們……」

「太晚啦，」歐也妮聲音嘶啞，嗓子異樣的打斷了母親的話，「明天早上，我們就得到他臥房裡去跟他拜年了。」

「可是孩子，為什麼我不去看看克羅旭他們呢？」

「不行不行，那簡直是自投羅網，把我們賣給了他們了。而且我已經拿定主意。我沒有做錯事，一點也不後悔。上帝會保佑我的。聽憑天意吧。唉！母親，要是你讀到他那些信，你也要心心念念的想他呢。」

下一天早上，一八二〇年一月一日，母女倆恐怖之下，想出了最天然的託辭，不像往年一樣鄭重其事的到他臥房裡拜年。一八一九至一八二〇的冬天，在當時是一個最冷的冬天。屋頂上都堆滿了雪。

葛朗臺太太一聽到丈夫房裡有響動，便說：

「葛朗臺，叫拿儂在我屋裡生個火吧，冷氣真厲害，我在被窩裡凍僵了。到了這個年紀，不得不保重一點。」她停了一會又說，「再說，讓歐也妮到我房裡來穿衣吧。這種天氣，孩子在她屋裡梳洗會鬧病的。等會我們到暖暖和和的堂屋裡跟你拜年吧。」

「咄，咄，咄，咄！官話連篇！太太，這算是新年發利市嗎？你從來沒有這麼嘮叨過。你總不見得吃了酒浸麵包吧[1]？」

說罷大家都不出一聲。

「好吧，」老頭子大概聽了妻子的話軟心了，「就照你的意思辦吧，太太。你太好了，我不能讓你在這個年紀上有什麼三長兩短，雖然拉．裴德里埃家裡的人多半是鐵打的。」他停了一會又嚷，「嗯！你說是不是？不過咱們得了他們的遺產，我原諒他們。」

說完他咳了幾聲。

「今天早上你開心得很，老爺。」葛朗臺太太的口氣很嚴肅。

「我不是永遠開心的嗎，我……」

開心，開心，真開心，你這箍桶匠，

不修補你的臉盆又怎麼樣！

他一邊哼一邊穿得齊齊整整的進了妻子的臥房。「真，好傢伙，冷得要命。早上咱們有好菜吃呢，太太。臺・格拉桑從巴黎帶了夾香菇的鵝肝來！我得上驛站去拿。」說著他又咬著她的耳朵：

「他還給歐也妮帶來一塊值兩塊的拿破崙。我的金子光了，太太。我本來還有幾塊古錢，為了做買賣只好花了。這話我只能告訴你一個人。」

然後他吻了吻妻子的前額，表示慶祝新年。

「歐也妮，」母親叫道，「不知你父親做了什麼好夢，脾氣好得很。好啦，咱們還有希望。」

「先生今天怎麼啦？」拿儂到太太屋裡生火時說，「他一看見我就說：大胖子，你好，你新年快樂。去給太太生火呀，她好冷呢。——他說著伸出手來給我一塊六法郎的錢，精光滴滑，簇嶄全新，把我看呆了。太太，你瞧。哦！他多好。他真大方。有的人越老心越硬，他卻溫和得像你的水果酒一樣，越陳越好了。真是一個十足地道的好人……」

老頭子這一天的快樂，是因為投機完全成功的緣故。臺・格拉桑把箍桶匠在十五萬法郎荷蘭證券上所欠的利息，以及買進十萬公債時代墊的尾數除去之後，把一季的利息

1 係莫里哀喜劇名作《屈打成醫》。劇中說鸚鵡吃了酒浸的麵包，才會說話。

三萬法郎託驛車帶給了他，同時又報告他公債上漲的消息。行市已到八十九法郎，那些最有名的資本家，還出九十二法郎的價錢買進正月底的期貨。葛朗臺兩個月中間的投資賺了百分之十二，他業已收支兩訖，今後每半年可以坐收五萬法郎，既不用付捐稅，也沒有什麼修理費。

外省人素來不相信公債的投資，他卻終於弄明白了，預算不出五年，不用費多少心，他的本利可以滾到六百萬，再加上田產的價值，他的財產勢必達到驚人的數字。給拿儂的六法郎，也許是她不自覺的幫了他一次大忙而得到的酬勞。

「噢！噢！葛朗臺老頭要去哪裡呀，一大早就像救火似的這麼狂奔？」街上做買賣的一邊開鋪門一邊想。

後來，他們看見他從碼頭上回來，後面跟著驛站上的一個腳夫，獨輪車上的袋都是滿滿的。有的人便說：「水總是往河裡流的，老頭子去拿錢哪。」

「巴黎、法勞豐、荷蘭，流到他家裡來的水可多哩。」另外一個說。

「最後，索漠城都要給他買下來嘍。」第三個又道。

「他不怕冷，」一個女人對她的丈夫說，「老忙著他的事。」

「嗨！嗨！葛朗臺先生，」跟他最近的鄰居，一個布商招呼他，「你覺得累贅的話，我來幫你扔了罷。」

「喔！不過是些大錢罷了。」葡萄園主回答。

「是銀子呢。」腳夫低聲補上一句。

「哼，要我照應嗎？閉上你的嘴。」老頭子一邊開門一邊對腳夫咕嚕。

「啊！老狐狸，我拿他當作聾子，」腳夫心裡想，「誰知冷天他倒聽得清。」

「給你二十個子兒酒錢，好啦！去你的！」葛朗臺對他說，「你的獨輪車，等會叫拿儂來還你。——母女倆是不是在望彌撒，拿儂？」

「是的，先生。」

「好，快，快一點！」他嚷著把那些袋交給她。

一眨眼，錢都裝進了他的密室，他關上門，躲在裡面。

「早餐預備好了，你來敲我的牆壁。先把獨輪車送回驛站。」

到了十點鐘，大家才吃早點。

「在堂屋裡，父親不會要看你金洋的，」葛朗臺太太望彌撒回來對女兒說，「再說，你可以裝作怕冷。挨過了今天，到你過生日的時候，我們好想法把你的金子湊起來了……」

葛朗臺一邊下樓一邊想著把巴黎送來的錢馬上變成黃金，又想著公債上的投機居然這樣成功。他決意把所有的收入都投資進去，直到行市漲到一百法郎為止。他這樣一盤算，歐也妮便倒了楣。他進了堂屋，兩位婦女立刻給他拜年，女兒跳上去摟著他的脖子撒嬌，太太卻是又莊嚴又穩重。

「啊！啊！我的孩子，」他吻著女兒的前額，「我為你辛苦呀，你沒看見嗎？……我要你享福。享福就得有錢。沒有錢，什麼都完啦。瞧，這兒是一個簇新的拿破崙，特地為你從巴黎弄來的，天！家裡一點金屑子都沒有了，只有你有。小乖乖，把你的金子拿來讓我瞧瞧。」

「喔！好冷呀，先吃早點吧。」歐也妮回答。

「可以，那麼吃過早點再拿，是不是？那好幫助我們消化。——臺・格拉桑那胖子居然送了這東西來。喂，大家吃呀，又不花我的錢。他不錯，這臺・格拉桑，我很滿意。好傢伙給查理幫忙，而且盡義務。他把我可憐的兄弟的事辦得很好。——嗯哼！嗯哼！」他含著一嘴食物嘟囔，停了一下又道，「唔！好吃！太太，你吃呀！至少好教你飽兩天。」

「我不餓，你知道，我一向病病歪歪的。」

「哎！哎！你把肚子塞飽也不打緊，你是拉・裴德里埃出身，結實得很。你真像一根小黃草，可是我就喜歡黃顏色。」

一個囚徒在含垢忍辱、當眾就戮之前，也沒有葛朗臺太太母女倆在等待早點以後的大禍時那麼害怕。葛朗臺老頭越講得高興，越吃得起勁，母女倆的心抽得越緊。但是做女兒的這時還有一點依傍：在愛情中汲取勇氣。她心裡想：

「為了他，為了他，千刀萬剮我也受。」

這麼想著，她望著母親，眼中射出勇敢的火花。

十一點，早餐完了，葛朗臺喚拿儂：

「統統拿走，把桌子留下。這樣，我們看起你的寶貝來更舒服些，」他望著歐也妮說，「孩子！真的，你十十足足有了五千九百五十九法郎的財產，加上今天早上的四十法郎，一共是六千法郎差一個。好吧，我補你一法郎湊足整數，因為小乖乖，你知道……哎哎，拿儂，你幹嘛聽我們說話？去罷，去做你的事。」

拿儂走了。

「聽我說，歐也妮，你得把金子給我。你不會拒絕爸爸吧，嗯，我的小乖乖？」

母女倆都不出一聲。

「我嘛，我沒有金子了。從前有的，現在沒有了。我把六千法郎現款跟你換，你照我的辦法把這筆款子放出去。別想什麼壓箱錢了。我把你出嫁的時候——也很快了——我會替你找一個夫婿，給你一筆本省從來沒有聽見過的、最體面的壓箱錢。小乖乖，你聽我說，現在有一個好機會：你可以把六千法郎買公債，半年就有近兩百法郎利息，沒有捐稅，沒有修理費，不怕冰雹，不怕凍，不怕漲潮，一切跟年成搗亂的東西全沒有。也許你不樂意把金子放手，小乖乖？拿來吧，還是拿給我吧。以後我再替你收金洋，什麼荷蘭的、葡萄牙的、蒙古盧比、熱那亞金洋，再加你每年生日我給你的，要不了三年，你那份美麗的小家私就恢復了一半。你怎麼說，小乖乖？抬起頭來呀。去罷，我的兒，去拿來。我這樣的把錢怎麼生怎麼死的祕密告訴了你，你該吻一吻我的眼睛謝我嘍。真的，錢像人一樣是活的、會動的，它會來、會去、會流汗、會生產。」

歐也妮站起身子向門口走了幾步，忽然轉過身來，定睛望著父親，說：

「我的金子沒有了。」

「你的金子沒有了！」葛朗臺嚷著，兩腿一挺，直站起來，彷彿一匹馬聽見身旁有大炮在轟。

「沒有了。」

「不會的，歐也妮。」

「真是沒有了。」

「爺爺的鍬子！」

每逢箍桶匠賭到這個咒，連樓板都會發抖的。

「哎唷，好天好上帝！太太臉都白了。」拿儂嚷道。

「葛朗臺，你這樣冒火，把我嚇死了。」可憐的婦人說。

「咄，咄，咄，咄！你們！你們家裡的人是死不了的！歐也妮，你的金洋怎麼啦？」

他撲上去大吼。

「父親，」女兒在葛朗臺太太身旁跪了下來，「媽媽難受成這樣……你瞧……別把她逼死啊。」

葛朗臺看見太太平時那麼黃黃的臉完全發白了，也害怕起來。

「拿儂，扶我上去睡，」她聲音微弱的說，「我要死了。」

拿儂和歐也妮趕緊過去攙扶，她走一步軟一步，兩個人費了好大氣力才把她扶進臥房。葛朗臺獨自留在下面。可是過了一會，他走上七八級樓梯，直著嗓子喊：

「歐也妮，母親睡了就下來。」

「是，父親。」

她把母親安慰了一番，趕緊下樓。

「歐也妮，」父親說，「告訴我你的金子哪裡去了？」

「父親，要是你給我的東西不能完全由我作主，那麼你拿回去吧。」歐也妮冷冷的回答，一邊在壁爐架上抓起拿破崙還他。

葛朗臺氣沖沖的一手搶過來，塞在荷包裡。

「哼，你想我還會給你什麼東西嗎！連這個也不給！」說著，他把大拇指扳著門牙，嘚的一聲，「你瞧不起父親？居然不相信他？你不知什麼叫做父親？要不是父親高於一切，也就不成其為父親了。你的金子哪裡去了？」

「父親，你儘管生氣，我還是愛你、敬重你，可是原諒我大膽提一句，我已經二十三歲了。你常常告訴我，說我已經成年，為的是要我知道。所以我把我的錢照我自己的意思安排了，而且請你放心，我的錢放得很妥當……」

「放在哪裡？」

「祕密不可洩漏，」她說，「你不是有你的祕密嗎？」

「我不是家長嗎？我不能有我的事嗎？」

「這卻是我的事。」

「那一定是壞事，所以你不能對父親說，小姐！」

「的確是好事，就是不能對父親說。」

「至少得告訴我，什麼時候把金子拿出去的？」

歐也妮搖搖頭。

「你生日那天還在呢，是不是？」

歐也妮被愛情訓練出來的狡猾，不下於父親被吝嗇訓練出來的狡猾，她仍舊搖搖頭。

「從來沒見過這樣的死心眼、這樣的偷盜，」葛朗臺聲音越來越大，震動屋子，「怎麼！這裡，在我自己家裡，居然有人拿掉你的金子，家裡就是這麼一點的金子！而我還沒法知道是誰拿的！金子是寶貴的東西呀。不錯，最老實的姑娘也免不了有過失，甚至於把什麼都給了人，上至世家舊族，下至小戶人家，都有的是。可是把金子送人！因為你一定是給了什麼人的，是不是？」

歐也妮聲色不動。

「這樣的姑娘倒從來沒有見過！我是不是你的父親？要是存放出去，你一定有收據……」

「我有支配這筆錢的權利沒有？有沒有？是不是我的錢？」

「哎，你還是一個孩子呢！」

「成年了。」

給女兒駁倒了，葛朗臺臉色發白、跺腳、發誓，終於又想出了話：

「你這個該死的婆娘，你這條毒蛇！唉！壞東西，你知道我疼你，你就胡來。你勒死你的父親！哼！你會把咱們的家產一齊送給那個穿摩洛哥皮鞋的光棍。爺爺的鍬子！我不能撤消你的繼承權，天哪！可是我要咒你，咒你的堂弟，咒你的兒女！他們都不會對你有什麼好結果的，聽見沒有？要是你給了查理……喔，不可能的。怎麼！這油頭粉面的壞蛋，膽敢偷我的……」

他望著女兒，她冷冷的一聲不出。

「她動也不動！眉頭也不皺一皺！比我葛朗臺還要葛朗臺。至少你不會把金子白送人吧，嗯，你說？」

歐也妮望著父親，含譏帶諷的眼神把他氣壞了。

「歐也妮，你是在我家裡，在你父親家裡。要留在這裡，就得服從父親的命令。神甫他們也命令你服從我。」

歐也妮低下頭去。他接著又說：

「你就揀我最心疼的事傷我的心，你不屈服，我就不要看見你。到房裡去。我不許你出來，你就不能出來。只有冷水跟麵包，我叫拿儂端給你。聽見沒有？去！」

歐也妮哭作一團，急忙溜到母親旁邊。

葛朗臺在園中雪地裡忘了冷，繞了好一會圈子，之後，忽然疑心女兒在他妻子房裡，想到去當場捉住她違抗命令的錯兒，不由得高興起來。他便像貓兒一般輕捷的爬上樓梯，闖進太太的臥房，看見歐也妮的臉埋在母親懷裡，母親摩著她的頭髮，說：

「別傷心，可憐的孩子，你父親的氣慢慢會消下去的。」

「她沒有父親了！」老箍桶匠吼道，「這樣不聽話的女兒是我跟你生的嗎，太太？好教育，還是信教的呢！怎麼，你不在自己房裡？趕快，去坐牢，坐牢，小姐。」

「你硬要把我們母女倆拆開嗎，老爺？」葛朗臺太太發著燒，臉色通紅。

「你要留她，你就把她帶走，你們倆給我一齊離開這裡……天打的！金子呢？金子怎麼啦？」

歐也妮站起身子，高傲地把父親望了一眼，走進自己的臥房。她一進去，老頭子就把門鎖上了。

「拿儂，把堂屋裡的火熄掉。」他嚷道。

然後他坐在太太屋裡壁爐旁邊的安樂椅上：

「她一定給了那個迷人的臭小子查理，他只想我的錢。」

葛朗臺太太為了女兒所冒的危險，為了她對女兒的感情，居然鼓足勇氣，裝聾作啞的冷靜得很。

「這些我都不知道，」她一邊回答，一邊朝床裡翻身，躲開丈夫閃閃發光的眼風，「你生這麼大的氣，我真難受，我預感我只能伸直著腿出去的了。現在你可以饒我一下吧，我從來沒有給你受過氣，至少我自己這樣想。女兒是愛你的，我相信她跟初生的孩子一樣沒有罪過。別難為她。收回成命吧。天冷得厲害，說不定你會教她鬧場大病的。」

「我不願意看見她，也不再跟她說話。她得關在屋裡，只有冷水和麵包，直到她使父親滿意為止。見鬼！做家長的不該知道家裡的黃金到了哪裡去嗎？她的盧比恐怕全法國都找不出來，還有熱那亞金洋，荷蘭達克特……」

「老爺！我們只生歐也妮一個，即使她把金子扔在水裡……」

「扔在水裡！扔在水裡！」好傢伙嚷道，「你瘋了，太太。我說得到，做得到，你還不知道嗎？你要求家裡太平，就該叫女兒招供，逼她老實說出來。女人對女人，比我們男人容易說得通。不管她做了什麼事，我絕不會把她吃掉。她是不是怕我？即使她把堂弟從頭到腳裝了金，唉，他早已飄洋出海，我們也追不上了……」

「那麼，老爺……」

由於當時的精神緊張，或者是女兒的苦難使她格外慈愛，也格外聰明起來，葛朗臺太太犀利的目光發覺丈夫的肉瘤有些可怕的動作，便馬上改變主意，順著原來的口吻，說：

「那麼，老爺，你對女兒沒有辦法，我倒有辦法了嗎？她一句話也沒有對我說，她像你。」

「嗯哼！今天你多會說話！咄，咄，咄，咄！你欺侮我。說不定你跟她通氣的。」

他定睛瞪著妻子。

「真的，你要我命，就這樣說下去吧。我已經告訴你，先生，即使把我的命送掉，我還是要告訴你：你這樣對女兒是不應該的，她比你講理。這筆錢是她的，她不會糟掉，我們做的好事，只有上帝知道。老爺，我求你，饒了歐也妮吧！……你饒了她，我受的打擊也可以減輕一些，也許你救了我的命，我的女兒呀，先生！還我女兒啊！」

「我走啦，」他說，「家裡耽不下去了，母女倆的念頭、說話，都好像……勃羅……啵！你好狠心，送了我這筆年禮，歐也妮！」他提高了嗓子，「好，好，哭罷！這種行為，你將來要後悔的，聽見沒有？一個月吃兩次好天爺的聖餐有什麼用？既然會把你父親的錢偷偷送給一個遊手好閒的光棍！他把你什麼都吃完之後，還會吃掉你的心呢！你看著吧，你的查理是什麼東西，穿著摩洛哥皮靴目空一切！他沒有心肝，沒有靈魂，敢把一個姑娘的寶貝，不經她父母允許，帶著就跑。」

街門關上了，歐也妮便走出臥房，挨在母親身邊，對她說：

「你為了你女兒真有勇氣。」

「孩子，看見沒有，一個人做了違禁的事落到什麼田地！……你逼我撒了一次謊。」

「噢！我求上帝只罰我一個人就是了。」

「真的嗎，」拿儂慌張的跑來問，「小姐從此只有冷水、麵包好吃？」

「那有什麼大不了，拿儂？」歐也妮冷靜的回答。

「啊！東家的女兒只吃乾麵包，我還咽得下什麼糖醬……噢，不，不！」

「這些話都不用提，拿儂。」歐也妮說。

「我就不開口好啦，可是你等著看罷！」

二十四年以來第一次，葛朗臺獨自用晚餐。

「哎喲，你變了單身漢了，先生，」拿儂說，「家裡有了兩個婦女還做單身漢，真不是滋味哪。」

「我不跟你說話。閉上你的嘴，要不我就趕你走。你蒸鍋裡煮的什麼，在灶上噗噗噗的？」

「熬油哪……」

「晚上有客，你得生火。」

八點鐘，幾位克羅旭、臺·格拉桑太太和她兒子一齊來了，他們很奇怪沒有見到葛朗臺太太和歐也妮。

「內人有點不舒服，歐也妮陪著她。」老頭子若無其事的回答。

閒扯了一小時，上樓去問候葛朗臺太太的臺·格拉桑太太下來了，大家爭著問：

「葛朗臺太太怎麼樣？」

「不行，簡直不行，」她說，「她的情形真教人擔心。在她的年紀，要特別小心才好呢，葛老頭。」

「慢慢看罷。」老頭子心不在焉的回答。

大家告辭了。幾位克羅旭走到了街上，臺・格拉桑太太便對他們說：

「葛朗臺家出了什麼事啦？母親病得很厲害，她自己還不知道。女兒紅著眼睛，好像哭過很久，難道他們硬要把她攀親嗎？」

老頭子睡下了，拿儂穿著軟鞋無聲無息的走進歐也妮臥房，給她一個用蒸鍋做的大肉餅。

「喂，小姐，」好心的傭人說，「高諾阿萊給了我一隻野兔。你胃口小，這個餅好吃八天。凍緊了，不會壞的。至少你不用吃淡麵包了。那多傷身體。」

「可憐的拿儂！」歐也妮握著她的手。

「我做得很好，煮得很嫩，他一點都不知道。肥肉、香料，都在我的六法郎裡面買。這幾個錢總是由我作主的了。」

然後她以為聽到了葛朗臺的聲音，馬上溜了。

幾個月工夫，老頭子揀著白天不同的時間，經常來看太太，絕口不提女兒，也不去看她，也沒有間接關涉到她的話。葛朗臺太太老睡在房裡，病情一天一天的嚴重，可是什麼都不能使老箍桶匠的心軟一軟。他頑強、嚴酷、冰冷，像一座石頭。他按照平時的習慣上街、回家，可是不再口吃，話也少了，在買賣上比從前更苛刻，弄錯數目的事也常有。

「葛朗臺家裡出了事啦。」克羅旭黨與臺・格拉桑黨都這麼說。

「葛朗臺家究竟鬧些什麼啊？」索漠人在隨便哪家的晚會上遇到，總這樣的彼此問一聲。

歐也妮上教堂，總由拿儂陪著。從教堂出來，倘使臺・格拉桑太太跟她說話，她的回答總是躲躲閃閃的，教人不得要領。雖然如此，兩個月之後，歐也妮被幽禁的祕密終於瞞不過三位克羅旭與臺・格拉桑太太。她老不見客這事，到了某個時候，也沒有理由好推託了。

後來，不知是誰透露了出去，全城都知道從元旦起，葛朗臺小姐被父親軟禁在房裡，只有清水麵包，沒有取暖的火，倒是拿儂替小姐弄些好菜半夜裡送進去。大家也知道女兒只能候父親上街的時間去探望母親，服侍母親。

於是葛朗臺的行為動了公憤。全城彷彿當他是化外之人，又記起了他出賣地主和許多刻薄的行為，大有一致唾棄之慨。他走在街上，個個人在背後交頭接耳。

當女兒由拿儂陪了去望彌撒或做晚禱，在彎彎曲曲的街上走著的時候，所有人全撲上窗口，好奇的打量那有錢的獨生女的臉色與態度，發覺她除了滿面愁容之外，另有一副天使般溫柔的表情。她的幽禁與失寵，對她全不相干。她不是老看著世界地圖、花園、圍牆、小凳嗎？愛情的親吻留在嘴唇上的甜味，她不是老在回味嗎？城裡關於她的議論，她好久都不知道，跟她的父親一樣。虔誠的信念、無愧於上帝的純潔、她的良心與愛情，使她耐心忍受父親的憤怒與譴責。

但是一宗深刻的痛苦壓倒了一切其餘的痛苦——她的母親一天不如一天了。多麼慈祥溫柔的人，靈魂發出垂死的光輝，反而顯出了她的美。歐也妮常常責備自己無形中促成了母親的病，慢慢在折磨她的殘酷的病。這種悔恨，雖經過了母親的譬解，使她跟自己的愛情越發分不開。每天早上，父親一出門，她便來到母親床前，拿儂把早點端給她。但是可憐的歐也妮，為了母親的痛苦而痛苦，暗中示意拿儂看看母親的臉色，然後她哭了，不敢提到堂弟。倒是母親先開口：

「他在哪裡呀？怎麼沒有信來？」

母女倆都不知道路程的遠近。

「我們心裡想他就是了，」歐也妮回答，「別提他。你在受難，你比一切都要緊。」

所謂一切，便是指他。

「哎，告訴你們，」葛朗臺太太常常說，「我對生命沒有一點留戀。上帝保佑我，使我看到苦難完了的日子只覺得高興。」

這女人說的話老是虔誠聖潔，顯出基督徒的本色。在那年最初幾個月之內，當丈夫到她房裡踱來踱去用午餐的時候，她翻來覆去的對他說著一篇同樣的話，雖然說得極其溫柔，卻也極其堅決，因為知道自己不久人世，所以反而有了平時沒有的勇氣。他極平淡的問了她一句身體怎樣，她總是回答說：

「謝謝你關心我的病，我是不久的了，要是你肯把我的苦惱減輕一些，把我的悲痛去掉一些，請你饒了女兒吧。希望你以身作則，表示你是基督徒，是賢夫，是慈父。」

一聽到這些話，葛朗臺便坐在床邊，彷彿一個人看見陣雨將臨而安安靜靜躲在門洞裡避雨的神氣。他靜靜的聽著，一言不答。要是太太用最動人最溫柔最虔誠的話懇求他，他便說：

「你今天臉色不大好啊，可憐的太太。」

他腦門硬邦邦的，咬緊了嘴唇，表示他已經把女兒忘得乾乾淨淨。甚至他那一成不變的、支吾其詞的答話使妻子慘白的臉上流滿了淚，他也不動心。

「但願上帝原諒你，老爺，」她說，「像我原諒你一樣。有朝一日，你也得求上帝開恩的。」

自從妻子病後，他不敢再叫出那駭人的咄、咄、咄、咄的聲音。這個溫柔的天使，面貌的醜惡一天天的消失，臉上映照著精神的美，可是葛朗臺專制的淫威並沒因之軟化。她只剩下一顆赤裸裸的靈魂了。由於禱告的力量，臉上最粗俗的線條似乎都淨化了，變得細膩，有了光彩。有些聖潔的臉龐，靈魂的活動會改變生得最醜的相貌，思想的崇高純潔，會印上特別生動的氣息：這種脫胎換骨的現象大概誰都見識過。在這位女子身上，痛苦把肉體煎熬完了以後換了一副相貌的景象，對心如鐵石的老箍桶匠也有了作用，雖是極微弱的作用。他說話不再盛氣凌人，卻老是不出一聲，用靜默來保全他做家長的面子。

他的忠心的拿儂一到菜市上，立刻就有對她主人開玩笑或者譴責的話傳到她耳裡。雖然公眾的輿論一致討伐葛朗臺，女僕為了替家裡爭面子，還在替他辯護。

「嗨，」她回答那些說葛朗臺壞話的人，「咱們老起來，不是心腸都要硬一點嗎？為什麼他就不可以？你們別胡說八道。小姐日子過得挺舒服，像王后一樣呢。她不見客，那是她自己喜歡。再說，我東家自有道理。」

葛朗臺太太給苦惱折磨得比疾病還難受，就算禱告也沒法把父女倆勸和，終於在暮春時節的某天晚上，她把心中的隱痛告訴了兩位克羅旭。

「罰一個二十三歲的女兒吃冷水麵包!……」特・篷風所長嚷道,「而且毫無理由。這是妨害自由,侵害身體,虐待家屬,她可以控告,第一點……」

「哎,哎,侄兒,」公證人插嘴道,「說那些法庭上的東西幹嘛?——太太,你放心,我明天就來想法子,把軟禁的事結束。」

聽見人家講起她的事,歐也妮走出臥房,很高傲的說:

「諸位先生,請你們不要管這件事。我父親是一家之主。只要我住在他家裡,我就得服從他。他的行為用不到大家贊成或反對,他只向上帝負責。我要求你們的友誼是絕口不提這件事。責備我的父親,等於侮辱我們。諸位,你們對我的關切,我很感激。可是我更感激,要是你們肯阻止城裡那些難聽的閒話,那是我偶然知道的。」

「她說得有理。」葛朗臺太太補上一句。

歐也妮因幽居、悲傷與相思而增添的美,把老公證人看呆了,不覺肅然起敬的答道:

「小姐,阻止流言最好的辦法,便是恢復你的自由。」

「好吧,孩子,這件事交給克羅旭先生去辦罷,既然他有把握。他識得你父親的脾氣,知道怎麼對付他。我沒有幾天好活了,要是你願意我最後的日子過得快活一些,無論如何你得跟父親講和。」

下一天，照葛朗臺把歐也妮軟禁以後的習慣，他到小園裡來繞幾個圈子。他散步的時間總是歐也妮梳頭的時間。老頭子一走到大胡桃樹旁邊，便躲在樹幹背後，把女兒的長頭髮打量一會，這時他的心大概就在固執的性子與想去親吻女兒的欲望中間搖擺不定。

他往往坐在查理與歐也妮海誓山盟的那條破凳上，而歐也妮也在偷偷的，或者在鏡子裡看父親。要是他起身繼續散步，她便湊趣的坐在窗前瞧著圍牆，牆上掛著最美麗的花，裂縫中間透出仙女蘿、晝顏花，和一株肥肥的、又黃又白的景天草，在索漠和圖爾各地的葡萄藤中最常見的植物。

克羅旭公證人很早就來了，發現老頭子在晴好的六月天坐在小凳上，背靠了牆望著女兒。

「有什麼事好替你效勞呢，公證人？」他招呼客人。

「我來跟你談正經。」

「啊！啊！有什麼金洋換給我嗎？」

「不，不，不關錢的事，是令嬡歐也妮的問題。為了你和她，大家都在議論紛紛。」

「他們管得著？區區煤炭匠，也是個家長。」

「對啊，煤炭匠在家裡什麼都能做，他可以自殺，或者更進一步，把錢往窗外扔。」

「你這是什麼意思？」

「噯！你太太的病不輕呀，朋友。你該請裴日冷先生來瞧一瞧，她有性命之憂哪。不好好的把她醫治，她死後我相信你不會安心的。」

「咄，咄，咄，咄！你知道我女人鬧什麼病呀。那些醫生一旦踏進了你家大門，一天會來五六次。」

「好吧，葛朗臺，隨你。咱們是老朋友，你的事，索漠城裡沒有一個人比我更關切，所以我應當告訴你。好罷，反正沒多大關係，你又不是小孩，當然知道怎樣做人，不用提啦。而且我也不是為這件事來的。還有些別的事情恐怕對你嚴重多哩。終究你也不想把太太害死吧，她對你太有用了。要是葛朗臺太太不在了，你在女兒面前處的什麼地位，你想想吧。你應當向歐也妮報帳，因為你們夫婦的財產沒有分過。你的女兒有權利要求分家，教你把法勞豐賣掉。總而言之，她繼承她的母親，你不能繼承你的太太。」

這些話對好傢伙宛如青天霹靂，他在法律上就不像生意上那麼內行。他從沒想到共有財產的拍賣。

「所以我勸你對女兒寬和一點。」克羅旭末了又說。

「可是你知道她做了什麼事嗎，克羅旭？」

「什麼事？」公證人很高興聽聽葛朗臺的內心話，好知道這次吵架的原因。

「她把她的金子送了人。」

「那不是她的東西嗎？」公證人問。

「哎，他們說的都是一樣的話！」老頭子做了一個悲壯的姿勢，把手臂掉了下去。

「難道為了芝麻大的事，」公證人接著說，「你就不想在太太死後，要求女兒放棄權利嗎？」

「嘿！你把六千法郎的金洋叫做芝麻大的事？」

「嗳！老朋友，把太太的遺產編造清冊，分起家來，要是歐也妮這樣主張的話，你得破費多少，你知道嗎？」

「怎麼呢？」

「二十萬、三十萬、四十萬法郎都說不定！為了要知道實際的財產價值，不是要把共有財產拍賣，變現款嗎？倘使你能取得她同意……」

「爺爺的鍬子！」老箍桶匠臉孔發白的坐了下來，「慢慢再說罷，克羅旭。」

沉默了一會，或者是痛苦的掙扎了一會，老頭子瞪著公證人說：

「人生殘酷，太痛苦了。」他又換了莊嚴的口吻，「克羅旭，你不會騙我吧，你得發誓剛才你說的那一套都是根據法律的。把民法給我看，我要看民法！」

「朋友，我自己的本行還不清楚嗎？」

「那麼是真的了？我就得給女兒搶光、欺騙、殺死、吞掉的了。」

「她繼承她的母親哪。」

「那麼養兒女有什麼用？啊！我的太太，我是愛她的。幸虧她硬朗得很：她是拉·裴德里埃家裡的種。」

「她活不了一個月了。」

老箍桶匠敲著自己的腦袋，走過去，走回來，射出一道可怕的目光盯著克羅旭，問道：

「怎麼辦？」

「歐也妮可以把母親的遺產無條件的拋棄。你總不願意剝奪她的繼承權吧，你？既然要她作這種讓步，就不能虧待她。朋友，我告訴你這些，都是對我自己不利的。我靠的是什麼，嗯？……不是清算、登記、拍賣、分家等等嗎？」

「慢慢看吧，慢慢看吧。不談這些了，克羅旭。你把我的腸子都攪亂了。你收到什麼金子沒有？」

「沒有。可是有十來塊古錢，可以讓給你。好朋友，跟歐也妮講和了吧。你瞧，全索漠都對你丟石子呢。」

「好了吧，公債漲到九十九法郎哪。人生一世總該滿意一次吧。」

「那些混蛋！」

「九十九，克羅旭？」

「是啊。」

「嗨！嗨！九十九！」老頭子說著把老公證人一直送到街門。然後，剛才聽到的一番話使他心中七上八下的，在家裡耽不住了，上樓對妻子說：

「喂，媽媽，你可以跟你女兒混一天了，我上法勞豐去。你們倆都乖乖的啊。今天是咱們的結婚紀念日，好太太：這裡是十塊錢給你在聖體節做路祭用。你不是想了好久嗎？好啦，你去玩吧！你們就開心一下，痛快一下吧，你得保重身體。噢，我多開心啊！」

他把十塊六法郎的銀幣丟在女人床上，捧著她的頭吻她的前額。

「好太太，你好一些了，是不是？」

「你心中連女兒都容不下，怎麼能在家裡接待大慈大悲的上帝呢？」她激動的說。

「咄，咄，咄，咄！」他的聲音變得柔和婉轉了，「慢慢看吧。」

「謝天謝地！歐也妮，快來擁抱你父親，」她快活得臉孔通紅的叫著，「他饒了你啦！」

可是老頭子已經不見了。他連奔帶跑的趕到莊園上，急於要把他攪亂了的思想整理一下。那時葛朗臺剛剛跨到七十六個年頭。兩年以來，他更加吝嗇了，正如一個人一切年深月久的癡情與癖好一樣。根據觀察的結果，凡是吝嗇鬼、野心家、所有執著一念的人，他們的感情總特別灌注在象徵他們癡情的某一件東西上面。看到金子、占有金子，便是葛朗臺的執著狂。他專制的程度也隨著吝嗇而俱增，妻子死後要把財產放手一部分，哪怕是極小極小的一部分，只要他管不到，他就覺得逆情背理。怎麼！要對女兒報告財產的數目，把動產不動產一股腦兒登記起來拍賣？……

「那簡直是抹自己的脖子。」他在莊園裡檢視著葡萄藤，高聲對自己說。

終於他主意拿定了，晚飯時分回到索漠，決意向歐也妮屈服，巴結她，誘哄她，以便到死都能保持家長的威風，抓著幾百萬家財的大權，直到咽最後一口氣為止。

老頭子無意中身邊帶著總鑰，便自己開了大門，輕手躡腳的上樓到妻子房裡，那時歐也妮正捧了那口精美的梳妝箱放在母親床上。趁葛朗臺不在家，母女倆很高興的在查理母親的肖像上咂摸一下查理的面貌。

「這明明是他的額角，他的嘴！」老頭子開門進去，歐也妮正這麼說著。

一看見丈夫瞪著金子的目光，葛朗臺太太便叫起來：

「上帝呀，救救我們！」

老頭子身子一縱，撲上梳妝匣，好似一頭老虎撲上熟睡的嬰兒。

「什麼東西？」他拿著寶匣往窗前走去，「嘿，是真金！金子！」他連聲叫嚷，「這麼多的金子！有兩斤重。啊！啊！查理把這個跟你換了美麗的金洋，是不是？為什麼不早告訴我？這交易划得來，小乖乖！你真是我的女兒，我明白了。」

歐也妮四肢發抖。老頭子接著說：

「不是嗎，這是查理的東西？」

「是的，父親，不是我的。這匣子是神聖不可侵犯的，是寄存的東西。」

「咄，咄，咄，咄！他拿了你的家私，正應該補償你。」

「父親……」

好傢伙想掏出刀子撬一塊金板下來，先把匣子往椅上一放。歐也妮撲過去想搶回，可是箍桶匠的眼睛老盯著女兒跟梳妝匣，他手臂一擺，用力一推，她便倒在母親床上。

「老爺！老爺！」母親嚷著，在床上直坐起來。

葛朗臺拔出刀子預備撬了。歐也妮立刻跪下，爬到父親身旁，高舉著兩手，嚷道：「父親，父親，看在聖母面上，看在十字架上的基督面上，看在所有的聖靈面上，看在你靈魂得救面上，看在我的性命面上，你不要動它！這口梳妝匣不是你的，也不是我的，是一個受難的親屬的，他託我保管，我得原封不動的還他。」

「為什麼拿來看呢，要是寄存的話？看比動手更要不得。」

「父親，不能動呀，你教我見不得人啦！父親，聽見沒有？」

「老爺，求你！」母親跟著說。

「父親！」歐也妮大叫一聲，嚇得拿儂也趕到了樓上。

歐也妮在手邊抓到了一把刀子，當作武器。

「怎麼樣？」葛朗臺冷笑著，靜靜的說。

「老爺，老爺，你要我命了！」母親嚷著。

「父親，你的刀把金子碰掉一點，我就把這刀結果我的性命。你已經把母親害到只剩一口氣，你還要殺死你的女兒。好吧，大家拚掉算了！」

葛朗臺把刀子對著梳妝匣，望著女兒，遲疑不決。

「你敢嗎，歐也妮？」他說。

「她會的，老爺。」母親說。

「她說得到做得到，」拿儂嚷道，「先生，你一生一世總得講一次理吧。」

箍桶匠看看金子，看看女兒，愣了一會。葛朗臺太太暈過去了。

「哎，先生，你瞧，太太死過去了！」拿儂嚷道。

「喔，孩子，咱們別為了一口箱子生氣啦。拿去吧！」箍桶匠馬上把梳妝匣扔在了床上，「——拿儂，你去請裴日冷先生。——好啦，太太，」他吻著妻子的手，「沒有事啦，咱們講和啦。——不是嗎，小乖乖？不吃乾麵包了，愛吃什麼就吃什麼吧……啊！她眼睛睜開了。——嗳嗳，媽媽，小媽媽，好媽媽，好啦！哎，你看我擁抱歐也妮了。她愛她的堂弟，她要嫁給他就嫁給他吧，讓她把小箱子藏起來吧。可是你得長命百歲的活下去啊，可憐的太太。嗳嗳，你身子動一下給我看哪！告訴你，聖體節你可以拿出最體面的祭桌，索漠從來沒有過的祭桌。」

「天哪，你怎麼可以這樣對你的妻子跟孩子！」葛朗臺太太的聲音很微弱。

「下次絕不了，絕不了！」箍桶匠叫著，「你看著吧，可憐的太太。」

他到密室去拿了一把路易來摔在床上。

「喂，歐也妮，喂，太太，這是給你們的，」他一邊說一邊把錢掂著玩，「噯噯，太太，你開開心，快快好起來吧，你要什麼有什麼，歐也妮也是的。瞧，這一百金路易是給她的。你不會把這些再送人了吧，歐也妮，是不是？」

葛朗臺太太和女兒面面相覷，莫名其妙。

「父親，把錢收起來吧，我們只需要你的感情。」

「對啦，這才對啦，」他把金路易上了袋，「咱們和和氣氣過日子吧。大家下樓，到堂屋去吃晚飯，天天晚上來兩個銅子的摸彩。你們痛快玩吧！嗯，太太，好不好？」

「唉！怎麼不好，既然這樣你覺得快活，」奄奄一息的病人回答，「可是我起不來啊。」

「可憐的媽媽，」箍桶匠說，「你不知道我多愛你。還有你，我的女兒！」

他摟著她，把她擁抱。

「噢！吵過了架再摟著女兒多開心，小乖乖！……嗨，你瞧，小媽媽，現在咱們兩個變成一個了。」他又指著梳妝盒對歐也妮說：「把這個藏起去吧。去吧，不用怕。我再也不提了，永遠不提了。」

不久，索漠最有名的醫生，裴日冷先生來了。診察完畢，他老實告訴葛朗臺，說他太太病得厲害，只有給她精神上絕對安靜，悉心調養，服侍周到，可能拖到秋末。

「要不要花很多的錢？要不要吃藥呢？」

「不用多少藥，調養要緊。」醫生不由得微微一笑。

「嗳，裴日冷先生，你是有地位的人。我完全相信你，你認為什麼時候應該來看她，儘管來。求你救救我的女人。我多愛她，雖然表面上看不出，因為我家裡什麼都藏在骨子裡的，那些事把我心都攪亂了。我有我的傷心事。兄弟一死，傷心事就進了我的門，我為他在巴黎花錢……花了數不清的錢！而且還沒結束。再會吧，先生。要是我女人還有救，請你救救她，即使要我一百兩百法郎也行。」

雖然葛朗臺熱烈盼望太太病好，因為她一死就得辦遺產登記，而這就要了他的命；雖然他對母女倆百依百順，一心討好的態度使她們吃驚；雖然歐也妮竭盡孝心的侍奉，葛朗臺太太還是很快的往死路上走。像所有在這個年紀上得了重病的女人一樣，她一天憔悴一天。她像秋天的樹葉一般脆弱。天國的光輝照著她，彷彿太陽照著樹葉發出金光。有她那樣的一生，才有她那樣的死，恬退隱忍，完全是一個基督徒的死，死得崇高、偉大。

到了一八二二年十月，她的賢德、她的天使般的耐心和對女兒的憐愛，表現得格外顯著。她沒有一句怨言的死了，像潔白的羔羊一般上了天。在這個世界上她只捨不得一個人，她淒涼一生的溫柔伴侶，她最後的幾眼似乎暗示女兒將來的苦命。想到把這頭和她自己一樣潔白的羔羊，孤零零的留在自私自利的世界上任人宰割，她就發抖。

「孩子，」她斷氣以前對她說，「幸福只有在天上，你將來會知道。」

隔一天早上，歐也妮更有一些新的理由，覺得和她出生的、受過多少痛苦的、母親剛在裡面咽氣的這所屋子分不開。她望著堂屋裡的窗檻與草墊的椅子不能不落淚。她以為錯看了老父的心，因為他對她多麼溫柔多麼體貼：他來攙了她去用午飯，幾小時的望著她，眼睛的神氣差不多是慈祥了；他瞅著女兒，彷彿她是金鑄的一般。

老箍桶匠變得厲害，常在女兒面前哆嗦，眼見他這種老態的拿儂與克羅旭他們，認為是他年紀太大的緣故，甚至擔心他有些器官已經衰退。可是到了全家戴孝那天，吃過了晚飯，當唯一知道這老人祕密的公證人在座的時候，老頭子古怪的行為就有了答案。

飯桌收拾完了，門都關嚴了，他對歐也妮說：

「好孩子，現在你繼承了你母親啦，咱們之間可有些小小的事得辦一辦。——對不對，克羅旭？」

「對。」

「難道非趕在今天辦不行嗎，父親？」

「是呀，是呀，小乖乖。我不能讓事情擱在那兒牽腸掛肚。你總不至於要我受罪吧？」

「噢！父親……」

「好吧，那麼今天晚上一切都得辦了。」

「你要我幹什麼呢？」

「乖乖，這可不關我的事。——克羅旭，你告訴她吧。」

「小姐，令尊既不願意把產業分開，也不願意出賣，更不願因為變賣財產，有了現款而付大筆的捐稅，所以你跟令尊共有的財產，你得放棄登記……」

「克羅旭，你這些話保險沒有錯嗎，可以對一個孩子說嗎？」

「讓我說呀，葛朗臺。」

「好，好，朋友。你跟我的女兒都不會搶我的家私。——對不對，小乖乖？」

「可是，克羅旭先生，究竟要我幹什麼呢？」歐也妮不耐煩的問。

「哦，你得在這張文書上簽個字，表示你拋棄對令堂的繼承權，把你跟令尊共有的財產，全部交給令尊管理，收入歸他，光給你保留虛有權……」

「你對我說的，我一點也不明白，」歐也妮回答，「把文書給我，告訴我簽字應該簽在哪裡。」

葛朗臺老頭的眼睛從文書轉到女兒，從女兒轉到文書，緊張的腦門上盡是汗，一刻不停的抹著。

「小乖乖，這張文書送去備案的時候要花很多錢，要是對你可憐的母親，你肯無條件拋棄繼承權，把你的前途完全交託給我的話，我覺得更滿意。我按月付你一百法郎的大利錢。這樣，你愛做多少臺彌撒給誰都可以了！……嗯！按月一百法郎，一塊錢作六法郎，行嗎？」

「你愛怎辦就怎辦吧，父親。」

「小姐，」公證人說，「以我的責任，應當告訴你，這樣你自己是一無所有了……」

「嗨！上帝，」她回答，「那有什麼關係！」

「別多嘴，克羅旭。一言為定，」葛朗臺抓起女兒的手放在自己手中一拍，「歐也妮，你絕不反悔，你是有信用的姑娘，是不是？」

「噢！父親……」

他熱烈的擁抱她，把她緊緊的摟得幾乎喘不過氣來。

「好了，孩子，你給了我生路，我有了命啦，不過這是你把欠我的還了我：咱們兩訖了。這才叫做公平交易。人生就是一樁交易。我祝福你！你是個賢德的姑娘，孝順爸爸的姑娘。你現在愛做什麼都可以。」

「明天見，克羅旭，」他望著驚呆了的公證人說，「請你招呼法院書記官預備一份拋棄文書，麻煩你給照顧一下。」

隔一天中午時分，聲明書簽了字，歐也妮自動的拋棄了財產。

可是到第一年年終，老箍桶匠莊嚴的許給女兒的一百法郎月費，連一個子兒都沒有給。歐也妮說笑之間提到的時候，他不由得臉上一紅，奔進密室，把他從侄兒那裡三錢不值兩文買來的金飾，捧了三分之一下來。

「噯，孩子，」他的語調很有點挖苦意味，「要不要把這些抵充你的一千二百法郎？」

「噢，父親，真的嗎，你把這些給我？」

「明年我再給你這麼些，」他說著把金飾倒在她圍裙兜裡，「這樣，不用多少時候，他的首飾都到你手裡了。」他搓著手，因為能夠利用女兒的感情占了便宜，覺得很高興。

話雖如此，老頭子儘管還硬朗，也覺得需要讓女兒學一學管家的訣竅了。連著兩年，他教歐也妮當他的面吩咐飯菜，收人家的欠帳。他慢慢的，把莊園田地的名稱內容，陸續告訴了她。第三年上，他的吝嗇作風把女兒訓練成熟，變成了習慣，於是他放心大膽的，把伙食房的鑰匙交給她，讓她正式當家。

五年這樣的過去了，在歐也妮父女單調的生活中無事可述，老是些同樣的事情，做得像一座老鐘那樣準確。葛朗臺小姐的愁悶憂苦已經是公開的祕密，但是儘管大家感覺到她憂苦的原因，她從沒說過一句話，給索漠人對她感情的猜想有所證實。她唯一來往的人，只有幾位克羅旭與他們無意中帶來走熟的一些朋友。他們把她教會了打惠斯特牌，每天晚上都來玩一局。

一八二七那一年，她的父親感到衰老的壓迫，不得不讓女兒參與田產的祕密，遇到什麼難題，就叫她跟克羅旭公證人商量——他的忠實，老頭子是深信不疑的。然後，到這一年年終，在八十二歲上，好傢伙患了風癱，很快的加重。裴日冷先生斷定他的病是不治的了。

想到自己不久就要一個人在世界上了，歐也妮便跟父親格外接近，把這感情的最後一環握得更緊。像一切動了愛情的女子一樣，在她心目中，愛情便是整個的世界，可是查理不在眼前。她對老父的照顧服侍，可以說是鞠躬盡瘁。他開始顯得老態龍鍾，可是守財奴的脾氣依舊由本能支撐在那裡。所以這個人從生到死沒有一點改變。

從清早起，他教人家把他的輪椅，在臥室的壁爐與密室的門中間推來推去，密室裡頭不用說是堆滿了金子的。他一動不動的待在那兒，極不放心的把看他的人，和裝了鐵皮的門，輪流瞧著。聽到一點響動，他就要人家報告原委，而且使公證人大為吃驚的是，他連狗在院子裡打呵欠都聽得見。他好像迷迷糊糊的神志不清，可是一到人家該送田租來，跟管莊園的算帳，或者出立收據的日子與時間，他會立刻清醒。於是他推動輪椅，直到密室門口。他教女兒把門打開，監督她親自把一袋袋的錢祕密的堆好，把門關嚴。然後他又一聲不出的回到原來的位置，只要女兒把那支寶貴的鑰匙交還了他，藏在背心袋裡，不時用手摸一下。他的老朋友公證人，覺得倘使查理·葛朗臺不回來，這個有錢的獨生女穩是嫁給他當所長的侄兒了，所以他招呼得加倍殷勤，天天來聽葛朗臺差遣，奉命到法勞豐，到各處的田地、草原、葡萄園去，代葛朗臺賣掉收成，把暗中積在密室裡的成袋的錢，兌成金子。

末了，終於到了彌留時期，那幾日老頭子結實的身子進入了毀滅的階段。他要坐在火爐旁邊、密室之前。他把身上的被一齊拉緊、裹緊，嘴裡對拿儂說著：

「裹緊，裹緊，別給人家偷了我的東西。」

他所有的生命力都退守在眼睛裡了，他能夠睜開眼的時候，立刻轉到滿屋財寶的密室門上：

「在那裡嗎？在那裡嗎？」問話的聲音顯出他驚慌得厲害。

「在那裡呢，父親。」

「你看住金子！……拿來放在我面前！」

歐也妮把金路易鋪在桌上，他幾小時的用眼睛盯著，好像一個才知道觀看的孩子呆望著同一件東西，也像孩子一般，他露出一點很吃力的笑意。有時他說一句：

「這樣好讓我心裡暖和！」臉上的表情彷彿進了極樂世界。

本區的教士來給他做臨終法事的時候，十字架、燭臺和銀鑲的聖水壺一出現，似乎已經死去幾小時的眼睛立刻復活了，目不轉睛的瞧著那些法器，他的肉瘤也最後的動了一動。神甫把鍍金的十字架送到他唇邊，給他親吻基督的聖像，他卻做了一個駭人的姿勢想把十字架抓在手裡，這一下最後的努力送了他的命。他喚著歐也妮，歐也妮跪在前面，流著淚吻著他已經冰冷的手，可是他看不見。

「父親，祝福我啊。」

「把一切照顧得好好的！到那邊來向我交帳！」這最後一句證明基督教應該是守財奴的宗教。

於是歐也妮在這座屋子裡完全孤獨了，只有拿儂，主人對她遞一個眼神就會懂得，只有拿儂為愛她而愛她，只有跟拿儂才能談談心中的悲苦。對於歐也妮，拿儂簡直就是保護人，她不再是一個女僕，而是卑恭的朋友。

父親死後，歐也妮從克羅旭公證人那裡知道，她在索漠地界的田產每年有三十萬法郎收入；有六十法郎買進的三厘公債六百萬，現在已經漲到每股七十七法郎；還有價值兩百萬的金子、十萬現款，其他零星的收入還不計在內。她財產的總值大概有一千七百萬。

「可是堂弟在哪裡啊？」她咕噥著。

克羅旭公證人把遺產清冊交給歐也妮的那天，她和拿儂兩個在壁爐架兩旁各據一方的坐著，在這間空蕩蕩的堂屋內，一切都是回憶，從母親坐慣的草墊椅子起，到堂弟喝過的玻璃杯為止。

「拿儂，我們孤獨了！」

「是的，小姐。嗳，要是我知道他在哪裡，我會走著去把他找來，這俏冤家。」

「汪洋大海隔著我們呢。」

正當可憐的繼承人，在這所包括了她整個天地的又冷又暗的屋裡，跟老女僕兩個相對飲泣的時候，從南特到奧爾良，大家議論紛紛，只談著葛朗臺小姐的一千七百萬家私。她的第一批行事中間，一樁便是給了拿儂一千二百法郎終身年金。拿儂原來有六百法郎，加上這一筆，立刻變成一門有陪嫁的好親事。不到一個月，她從閨女一變而為人家的媳婦，嫁給替葛朗臺小姐看守田地產業的安東納·高諾阿萊了。

高諾阿萊太太比當時旁的婦女占很大的便宜。五十九歲的年紀看上去不超過四十。粗糙的線條不怕時間的侵蝕。一向過著修道院式的生活，她的鮮紅的膚色，鐵一般硬棒的身體，根本不知衰老為何物。也許她從沒有結婚那天好看過。生得醜倒是沾了光，她高大、肥胖、結實，毫不見老的臉上，有一股幸福的神氣，教有些人羨慕高諾阿萊的福分。

「她氣色很好。」那個開布店的說。

「她還能夠生孩子呢，」鹽商說，「說句你不愛聽的話，她好像在鹽鹵裡醃過，不會壞的。」

「她很有錢，高諾阿萊這小子眼力倒不錯。」另外一個街坊說。

人緣很好的拿儂從老屋裡出來，走下彎彎曲曲的街，上教堂去的時候，一路受到人家祝賀。

歐也妮送的賀禮是三打餐具。高諾阿萊想不到主人這樣慷慨，一提到小姐便流眼淚：他甚至肯為她丟掉腦袋。

成為歐也妮的心腹之後，高諾阿萊太太在嫁了丈夫的快樂以外，又添了一樁快樂：因為終於輪到她來把伙食房打開、關上，早晨去分配糧食，好似她去世的老主人一樣。其次，歸她調度的還有兩名僕役，一個是廚娘，一個是收拾屋子、修補衣裳被服、縫製小姐衣衫的女僕。高諾阿萊兼做看守與總管。不消說，拿儂挑選來的廚娘與女僕都是上選之才。這樣，葛朗臺小姐有了四個忠心的僕役。老頭子生前管理田產的辦法早已成為老例章程，現在再由高諾阿萊夫婦謹謹慎慎的繼續下去，那些莊稼人簡直不覺得老主人已經去世。

如此人生

到了三十歲，歐也妮還沒有嘗到一點人生樂趣。黯淡淒涼的童年，是在一個有了好心而無人識得、老受欺侮而永遠痛苦的母親身旁度過的。這位離開世界只覺得快樂的母親，曾經為了女兒還得活下去而發愁，使歐也妮心中老覺得有些對不起她，永遠的悼念她。歐也妮第一次也是僅有的一次愛情，成為她痛苦的根源。情人只看見了幾天，她就在匆忙中接受了而回敬了的親吻之中，把心給了他，然後他走了，整個世界把她和他隔開了。這場被父親詛咒的愛情，差不多送了母親的命，她得到的只有苦惱與一些渺茫的希望。所以至此為止，她為了追求幸福而消耗了自己的精力，卻沒有地方好去補充她的精力。精神生活與肉體生活一樣，有呼也有吸：靈魂要吸收另一顆靈魂的感情來充實自己，然後以更豐富的感情送回給人家。人與人之間要沒有這點美妙的關係，心就沒有了生機：它缺少空氣，它會受難、枯萎。

歐也妮開始痛苦了。對她，財富既不是一種勢力，也不是一種安慰。她只能靠著愛情，靠著宗教，靠著對前途的信心而生活。愛情給她解釋了永恆。她的心與福音書，告訴她將來還有兩個世界好等。她日夜沉浸在兩種無窮的思想中，而這兩種思想，在她也許只是一種。

她把整個的生命收斂起來，只知道愛，也自以為被人愛。七年以來，她的熱情席捲一切。她的寶物並非收益日增的千萬家私，而是查理的那口匣子，而是掛在床頭的兩張肖像，而是向父親贖回來、放在棉花上、藏在舊木櫃抽屜中的金飾，還有母親用過的嬸嬸的針箍。單單為了要把這滿是回憶的金頂針套在手指上，她每天都得誠誠心心的戴了它做一點繡作——正如《奧德賽》的潘妮洛碧等待丈夫回家的活計。

看樣子，葛朗臺小姐絕不會在守喪期間結婚。大家知道她的虔誠是出於真心。所以克羅旭一家在老神甫高明的指揮之下，光是用殷勤懇切的照顧來包圍有錢的姑娘。

她堂屋裡每天晚上都是高朋滿座，都是當地最熱烈最忠心的克羅旭黨，竭力用各種不同的語調頌讚主婦。她有隨從御醫，有大司祭，有內廷供奉，有侍候梳洗的貴嬪，有首相，特別是樞密大臣，那個無所不言的樞密大臣。如果她想有一個替她牽裳曳袂的侍從，人家也會替她找來的。她簡直是一個王后，人家對她的諂媚，比對所有的王后更巧妙。諂媚從來不會出自偉大的心靈，而是小人的伎倆，他們卑躬屈膝，把自己盡量的縮小，以便鑽進他們趨附的人物的生活核心。而且諂媚背後有利害關係。所以那些每天晚上擠在這裡的人，把葛朗臺小姐喚作特·法勞豐小姐，居然把她捧上了。

這些眾口一詞的恭維，歐也妮是聞所未聞的，最初不免臉紅。但不論奉承的話如何過火，她的耳朵不知不覺也把稱讚她如何美麗的話聽慣了，倘使此刻還有什麼新來的客人覺得她醜陋，她絕不會再像八年前那樣滿不在乎。而且臨了，她在膜拜情人的時候暗中說的那套甜言蜜語，她自己也愛聽了。因此她慢慢的聽任人家夜夜來上朝似的，把她捧得像王后一般。

特·篷風所長是這個小圈子裡的男主角，他的才氣、人品、學問、和藹，老是有人在那裡吹捧。有的說七年來他的財產增加了不少：篷風那塊產業至少有一萬法郎收入，而且和克羅旭家所有的田產一樣，周圍便是葛朗臺小姐廣大的產業。

「你知道嗎，小姐，」另外一個熟客說，「克羅旭他們有四萬法郎收入！」

「還有他們的積蓄呢，」克羅旭黨裡的一個老姑娘，特·格里鮑果小姐接著說，「最近巴黎來了一位先生，願意把他的事務所以二十萬法郎的代價盤給克羅旭。這位巴黎人要是謀到了鄉鎮推事的位置，就得把事務所出盤。」

「他想填補特·篷風先生當所長呢，所以先來布置一番，」特·奧松華太太插嘴說，

「因為所長先生不久要升高等法院推事，再升庭長，他辦法多得很，保證成功。」

「是啊，」另外一個接住了話頭，「他真是一個人才，小姐，你看是不是？」

所長先生竭力把自己收拾得和他想扮演的角色相配。雖然年紀已有四十，雖然那張硬邦邦的暗黃臉，像所有司法界人士的臉一樣乾癟，他還裝作年輕人模樣，拿著藤杖滿嘴胡扯，在特．法勞豐小姐府上從來不吸鼻煙，老戴著白領帶，領下的大折襇頸圍，使他的神氣很像跟一般蠢頭蠢腦的傢伙是同門弟兄。他對美麗的姑娘說話的態度很親密，把她叫做「我們親愛的歐也妮」。

總之，除了客人的數目，除了摸彩變成惠斯特，再除去了葛朗臺夫婦兩個，堂屋裡晚會的場面和過去並沒有什麼兩樣。那群獵犬永遠在追逐歐也妮和她的千百萬家私，但是獵狗的數量增多了，叫也叫得更巧妙，而且是同心協力的包圍牠們的俘虜。

要是查理忽然從印度跑回來，他可以發現同樣的人物與同樣的利害衝突。歐也妮依舊招待得很客氣的臺．格拉桑太太，始終跟克羅旭他們搗亂。可是跟從前一樣，控制這個場面的還是歐也妮；也跟從前一樣，查理在這裡還是高於一切。但情形究竟有了些進步。從前所長送給歐也妮過生日的鮮花，現在變成經常的了。每天晚上，他給這位有錢的小姐送來一大束富麗堂皇的花，高諾阿萊太太有心當著眾人把它插入花瓶，可是客人一轉背，馬上給暗暗的扔在院子角落裡。

初春的時候，臺．格拉桑太太又來破壞克羅旭黨的幸福了，她向歐也妮提起特．法勞豐侯爵，說要是歐也妮肯嫁給他，在訂立婚書的時候，把他以前的產業帶回過去的話，他立刻可以重振家業。臺．格拉桑太太把貴族的門第、侯爵夫人的頭銜叫得震天價響，把歐也妮輕蔑的微笑當作同意的暗示，到處揚言，克羅旭所長先生的婚事不見得像他所想的那麼成熟。

「雖然特．法勞豐先生已經五十歲，」她說，「看起來也不比克羅旭先生老，不錯，他是鰥夫，他有孩子，可是他是侯爵，將來又是貴族院議員，嘿！在這個年月，你找得出這樣的親事來嗎？我確確實實知道，葛朗臺老頭當初把所有的田產併入法勞豐，就是存心要跟法勞豐家接種。他常常對我說的。他狡猾得很呀，這老頭子。」

「怎麼，拿儂，」歐也妮有一晚臨睡時說，「他一去七年，連一封信都沒有！……」

正當這些事情在索漠搬演的時候，查理在印度發了財。先是他那批普普通通的貨賣了好價，很快的弄到了六千美金[1]。他一過赤道線，便丟掉了許多成見：發覺在熱帶地

1 當時美金一元值五法郎四十生丁。

方的致富捷徑，像在歐洲一樣，是販賣人口。

於是他到非洲海岸去做黑人買賣，同時在他為了求利而去的各口岸間，揀最賺錢的貨色販運。他把全副精神放在生意上，忙得沒有一點空閒，唯一的念頭是發了大財回到巴黎去耀武揚威，爬到比從前一個筋斗栽下來的地位更闊的地位。

在人堆中混久了，地方跑多了，看到許多相反的風俗，他的思想變了，對一切都持懷疑態度。他眼見在一個地方成為罪惡的，在另一個地方竟是美德，於是他對是非曲直再沒有一定的觀念。一天到晚為利益打算的結果，心變冷了，收縮了，乾枯了。

葛朗臺家的血統沒有失傳，查理變得狠心刻薄，貪婪到了極點。他販賣中國人、黑人、燕窩、兒童、藝術家，大規模放高利貸。偷稅走私的習慣，使他愈加藐視人權。他到南美洲聖·托馬斯島上賤價收買海盜的贓物，運到缺貨的地方去賣。

初次出國的航程中，他心頭還有歐也妮高尚純潔的面貌，好似西班牙水手把聖母像掛在船上一樣。生意上初期的成功，他還歸功於這個溫柔的姑娘的祝福與祈禱。可是後來，黑種女人、白種女人、黑白混血種女人、爪哇女人、埃及舞女……跟各種顏色的女子花天酒地，到處荒唐胡鬧過後，把他關於堂姊、索漠、舊屋、凳子、甬道裡的親吻等等的回憶，抹得一乾二淨。他只記得牆垣破舊的小花園，因為那兒是他冒險生涯的起點；可是他否認他的親戚：伯父是頭老狗，騙了他的金飾；歐也妮在他的心中與腦海中都毫無地位，她只是生意上供給他六千法郎的一個債主。這種行徑與這種念頭，便是查理・葛朗臺杳無音信的原因。

在印度、聖・托馬斯、非洲海岸、里斯本、美國，這位投機家為免得牽連本姓起見，取了一個假姓名，叫做卡爾・賽弗。這樣，他可以毫無危險的到處膽大妄為了。不擇手段、急於撈錢的作風，似乎巴不得把不名譽的勾當早日結束，在後半世做個安分良民。這種辦法使他很快的發了大財。

一八二七年上，他搭了一家保王黨貿易公司的一條華麗帆船，瑪麗-加洛琳號，回到波爾多。他有三大桶箍紮嚴密的金屑子，值到一百九十萬法郎，打算到巴黎換成金幣，再賺七八厘利息。同船有一位慈祥的老人，查理十世陛下的內廷行走，特・奧勃里翁先生，當初糊裡糊塗的娶了一位交際花。他的產業在墨西哥海灣中的眾島上，這次是為了彌補太太的揮霍，到那邊去變賣家產的。

特・奧勃里翁夫婦是舊世家特・奧勃里翁・特・皮克出身，特・皮克的最後一位將軍在一七八九年以前就死了。現在的特・奧勃里翁，一年只有兩萬法郎左右的進款，還有一個奇醜而沒有陪嫁的女兒，因為母親自己的財產僅僅夠住在巴黎的開銷。可是交際場中認為，就憑一般時髦太太那樣天大的本領，也不容易嫁掉這個女兒。特．奧勃里翁太太自己也看了女兒心焦，因為不論是誰，即使是想當貴族想迷了心的男人對這位小姐也是不敢領教的。

特．奧勃里翁小姐與她同音異義的昆蟲一樣，長得像一隻蜻蜓[2]，又瘦又細，嘴巴老是瞧不起人的模樣，上面掛著一個太長的鼻子，平常是黃黃的顏色，一吃飯卻完全變紅，這種植物性的變色現象，在一張又蒼白又無聊的臉上格外難看。總而言之，她的模樣，正好教一個年紀三十八而還有風韻還有野心的母親歡喜。

可是為補救那些缺陷起見，特．奧勃里翁侯爵夫人把女兒教得態度非常文雅，經常的衛生把鼻子維持著相當合理的膚色，教她學會打扮得大方，傳授她許多漂亮的舉動，會做出那些多愁多病的眼神，教男人看了動心，以為終於遇到了找遍天涯無覓處的安琪兒；她也教女兒如何運用雙足，趕上鼻子肆無忌憚發紅的辰光，就該應時的伸出腳來，讓人家鑒賞它們的纖小玲瓏。總之，她把女兒琢磨得著實不錯了。靠了寬大的袖子，騙人的胸褡，收拾得齊齊整整而衣袂往四下裡鼓起來的長袍，束得極緊的撐裙，她居然製成了一些女性的特徵，其巧妙的程度實在應當送進博物館，給所有的母親作參考。

查理很巴結特．奧勃里翁太太，而她也正想交結他。有好些人竟說在船上的時期，美麗的特・奧勃里翁太太把凡是可以釣上這有錢女婿的手段，件件都做到家了。

一八二七年六月，在波爾多下了船，特・奧勃里翁先生、太太、小姐和查理，寄宿在同一間旅館，又一同上巴黎。特・奧勃里翁的府邸早已抵押出去，要查理給贖回來。丈母已經講起把樓下一層讓給女婿女兒住是多麼快活的話。不像特・奧勃里翁先生那樣對門第有成見，她已經答應查理・葛朗臺，向查理十世請一道上諭，欽准他葛朗臺改姓特・奧勃里翁，使用特・奧勃里翁家的爵徽，並且只要查理送一個歲收三萬六千法郎的采邑給特・奧勃里翁，他將來便可承襲特・皮克大將軍與特・奧勃里翁侯爵的雙重頭銜。兩家的財產合起來，加上國家的乾俸，一切安排得好好的話，除了特・奧勃里翁的府邸之外，大概可以有十幾萬法郎收入。

她對查理說：「一個人有了十萬法郎收入，有了姓氏，有了門第，出入宮廷——我會給你弄一個內廷行走的差使——那不是要當什麼就當什麼了嗎？這樣，你可以當參事院請願委員、當州長、當大使館祕書、當大使，由你挑就是。查理十世很喜歡特・奧勃里翁，他們從小就相熟。」

---

2 小姐一詞在法文中亦作蜻蜓解。

這女人挑逗查理的野心，弄得他飄飄然。她手段巧妙的，當作體己話似的，告訴他將來有如何如何的希望，使查理在船上一路想出了神。他以為父親的事情有伯父料清了，覺得自己可以平步青雲，一腳闖入個個人都想擠進去的聖·日爾曼區，在瑪蒂爾特小姐的藍鼻子提攜之下，他可以搖身一變而為特·奧勃里翁伯爵，好似特變一家當初一變而為勃萊才一樣。

他出國的時候，王政復辟還是搖搖欲墜的局面，現在卻是繁榮昌盛，把他看得眼花了，貴族思想的光輝把他怔住了，所以他在船上開始的醉意，一直維持到巴黎。到了巴黎，他決心不顧一切，要把自私的丈母娘暗示給他的高官厚爵弄到手。在這個光明的遠景中，堂姊自然不過是一個小點子了。

他重新見到了阿納德。以交際花的算盤，阿納德極力慫恿她的舊情人攀這門親，並且答應全力支持他一切野心的活動。阿納德很高興查理娶一位又醜又可厭的小姐，因為他在印度逗留過後，出落得更討人喜歡了：皮膚變成暗黃，舉動變成堅決、放肆，好似那些慣於決斷、控制、成功的人一樣。查理眼看自己可以成個角色，在巴黎更覺得如魚得水了。

臺·格拉桑知道他已經回國，不久就要結婚，並且有了錢，便來看他，告訴他再付三十萬法郎便可把他父親的債務償清。

他見到查理的時候，正碰上一個珠寶商在那裡拿了圖樣，向查理請示特·奧勃里翁小姐首飾的款式。查理從印度帶回的鑽石確是富麗堂皇，可是鑽石的鑲工、新夫婦所用的銀器、金銀首飾與小玩意兒，還得花二十萬法郎以上。查理見了臺·格拉桑已經認不得了，態度的傲慢，活現出他是一個時髦青年，曾經在印度跟人家決鬥、打死過四個對手的人物。臺·格拉桑已經來過三次。查理冷冷的聽著，然後，並沒把事情完全弄清楚，就回答說：

「我父親的事不是我的事。謝謝你這樣費心，先生，可惜我不能領情。我流了汗掙來不到兩百萬的錢，不是預備送給我父親的債主的。」

「要是幾天之內人家把令尊宣告了破產呢？」

「先生，幾天之內我叫做特·奧勃里翁伯爵了。還跟我有什麼相干？而且你比我更清楚，一個有十萬法郎收入的人，他的父親絕不會有過破產的事。」他說著，客客氣氣把臺·格拉桑推到門口。

這一年的八月初，歐也妮坐在堂弟對她海誓山盟的那條小木凳上，天晴的日子她就在這兒用早點的。這時候，在一個最涼爽最愉快的早晨，可憐的姑娘正在記憶中把她愛情史上的大事小事，以及接著發生的禍事，一件件的想過來。陽光照在那堵美麗的牆上，到處開裂的牆快要坍毀了，高諾阿萊老是跟他女人說早晚要壓壞人的，可是古怪的歐也妮始終不許人去碰它一碰。這時郵差來敲門，授了一封信給高諾阿萊太太，她一邊嚷一邊走進園子：「小姐，有信哪！」她授給了主人，問：「是不是你天天等著的信呀？」

這句話傳到歐也妮心中的聲響，其強烈不下於在園子和院子的牆壁中間實際的回聲。

「巴黎！……是他的！他回來了。」

歐也妮臉色發白，拿著信愣了一會。她抖得太厲害了，簡直不能拆信。

長腳拿儂站在那兒，兩手叉著腰，快樂在她暗黃臉的溝槽中像一道煙似的溜走了。

「念呀，小姐……」

「啊！拿儂，他從索漠動身的，為什麼回巴黎呢？」

「念呀，你念了就知道啦。」

歐也妮哆嗦著拆開信來。裡面掉出一張匯票，是向臺·格拉桑太太與高萊合夥的索漠銀號兌款的，拿儂給撿了起來。

親愛的堂姊……

——不叫我歐也妮了，她想著，心揪緊了。

您……

——用這種客套的稱呼了！

她交叉了手臂，不敢再往下念，大顆的眼淚冒了上來。

「難道他死了嗎？」拿儂問。

「那他不會寫信了！」歐也妮回答。

於是她把信念下去：

親愛的堂姊，您知道了我的事業成功，我相信您一定很高興。您給了我吉利，我居然掙了錢回來。我也聽從了伯父的勸告。他和伯母去世的消息，剛由臺．格拉桑先生告訴我。父母的死亡是必然之事，我們應當接替他們。希望您現在已經節哀順變。我覺得什麼都抵抗不住時間。是的，親愛的堂姊，我的幻想、不幸都已過去。有什麼辦法！走了許多地方，我把人生想過了。動身時是一個孩子，回來變了大人。現在我想到許多以前不曾想過的事。

堂姊，您是自由了，我也還是自由的。表面上似乎毫無阻礙，我們盡可實現當初小小的計畫。可是我太坦白了，不能把我的處境瞞您。我沒有忘記我不能自由行動，在長途的航程中我老是想起那條小凳……

歐也妮彷彿身底下碰到了火炭，猛的站了起來，走去坐在院子裡一級石磴上。

……那條小凳，我們坐著發誓永遠相愛的小凳，也想起過道，灰色的堂屋，閣樓上我的臥房，也想起那天夜裡，您的好意給了我很大的幫助。是的，這些回憶支撐了我的勇氣，我常常想，您一定在我們約定的時間想念我，正如我想念您一樣。您有沒有在九點鐘看雲呢？看的，是不是？所以我不願欺騙我認為神聖的友誼，不，我絕對不應該欺騙您。

此刻有一門親事，完全符合我對於結婚的觀念。在婚姻中談愛情是做夢。現在，經驗告訴我，結婚這件事應當服從一切社會的規律，適應風俗習慣的要求。而你我之間第一先有了年齡的差別，將來對於您也許比對我更有影響。更不用提您的生活方式、您的教育、您的習慣，都與巴黎生活格格不入，決計不能配合我以後的方針。我的計畫是維持一個場面闊綽的家，招待許多客人，而我記得您是喜歡安靜恬淡的生活的。

不，我要更坦白些，請您把我的處境仲裁一下吧。您也應當知道我的情形，您有裁判的權利。如今我有八萬法郎的收入。這筆財產使我能夠跟特．奧勃里翁家攀親，他們的獨生女十九歲，可以給我帶來一個姓氏、一個頭銜、一個內廷行走的差使，以及聲勢顯赫的地位。老實告訴您，親愛的堂姊，我對特．奧勃里翁小姐沒有一點愛情，但是和她聯姻之後，我替孩子預留了一個地位，將來的便宜簡直無法估計：因為尊重王室的思想慢慢的又在抬頭了。幾年之後，我的兒子承襲了特．奧勃里翁侯爵，有了四萬法郎的采邑，他便愛做什麼官都可以了。我們應當對兒女負責。

你瞧，堂姊，我多麼善意的把我的心、把我的希望、把我的財產，告訴給您聽。可能在您那方面，經過了七年的離別，您已經忘記了我們幼稚的行為，可是我，我既沒有忘記您的寬容，也沒忘記我的諾言，我什麼話都記得，即使在最不經意的時候說的話，換了一個不像我這樣認真的、不像我這樣保持童心而誠實的青年，是早已想不起的了。

我告訴您，我只想為了地位財產而結婚，告訴您我還記得我們童年的愛情，這不就是把我交給了您，由您作主嗎？這也就是告訴您，如果要我放棄塵世的野心，我也甘心情願享受樸素純潔的幸福，那種動人的情景，您也早已給我領略過了……

您的忠實的堂弟　查理

在簽名的時候，查理哼著一闋歌劇的調子：「鐺搭搭——鐺搭低——叮搭搭——咚！——咚搭低——叮搭搭……」

「天哪！這就叫做略施小技。」他對自己說。

然後他找出匯票，添注了一筆：

附上匯票一紙，請向臺·格拉桑銀號照兑，票面八千法郎，可用黃金支付。這是包括您慷慨惠借的六千法郎的本利。另有幾件東西預備送給您，表示我永遠的感激，可是那口箱子還在波爾多，沒有運到，且待以後送上。我的梳妝匣，請交驛車帶回，地址是伊勒冷–裴爾敦街，特．奧勃里翁府邸。

「交驛車帶回！」歐也妮自言自語的說，「我為了它拚命的東西，交驛車帶回！」

傷心慘酷的劫數！船沉掉了，希望的大海上，連一根繩索一塊薄板都沒有留下。遭到遺棄之後，有些女子會去把愛人從情敵手中搶回，把情敵殺死，逃到天涯海角，或是上斷頭臺，或是進墳墓。這當然很美，犯罪的動機是一片悲壯的熱情，令人覺得法無可恕，情實可憫。另外一些女子卻低下頭去，不聲不響的受苦，她們奄奄一息的隱忍、啜泣、寬恕、祈禱、相思，直到咽氣為止。

這是愛，是真愛，是天使的愛，以痛苦生以痛苦死的高傲的愛。這便是歐也妮讀了這封殘酷的信以後的心情。她舉眼望著天，想起了母親的遺言。像有些臨終的人一樣，母親是一眼之間把前途看清看透了的。然後歐也妮記起了這先知般的一生和去世的情形，一轉瞬間悟到了自己的命運。她只有振翼高飛，努力往天上撲去，在祈禱中等待她的解脫。

「母親說得不錯，」她哭著對自己說，「只有受苦與死亡。」

她腳步極慢的從花園走向堂屋。跟平時的習慣相反，她不走甬道，但灰灰的堂屋裡依舊有她堂弟的紀念物：壁爐架上老擺著那個小碟子，她每天吃早點都拿來用的，還有那賽佛爾舊瓷的糖壺。

這一天對她真是莊嚴重大的日子，發生了多少大事。拿儂來通報本區的教士到了。他和克羅旭家是親戚，也是關心特・篷風所長利益的人。幾天以前老克羅旭神甫把他說服了，教他在純粹宗教的立場上，跟葛朗臺小姐談一談她必須結婚的義務。歐也妮一看見他，以為他來收一千法郎津貼窮人的月費，便叫拿儂去拿錢，可是教士笑道：

「小姐，今天我來跟你談一個可憐的姑娘的事，全個索漠都在關心她，因為她自己不知愛惜，她的生活方式不夠稱為一個基督徒。」

「我的上帝！這時我簡直不能想到旁人，我自顧還不暇呢。我痛苦極了，除了教會，沒有地方好逃，只有它寬大的心胸才容得了我們所有的苦惱，只有它豐富的感情，我們才能取之不盡。」

「噯，小姐，我們照顧了這位姑娘，同時就照顧了你。聽我說！如果你要永生，你只有兩條路好走：或者是出家，或者是服從在家的規律；或者聽從你俗世的命運，或者聽從你天國的命運。」

「啊！好極了，正在我需要指引的時候，你來指引我。對了，一定是上帝派你來的，神甫。我要向世界告別，不聲不響的隱在一邊為上帝生活。」

「取這種極端的行動，孩子，是需要長時間的考慮的。結婚是生，修道是死。」

「好呀，神甫，死，馬上就死！」她興奮的口氣叫人害怕。

「死？可是，你對社會負有重大的義務呢，小姐。你不是窮人的母親，冬天給他們衣服柴火，夏天給他們工作嗎？你巨大的家私是一種債務，要償還的，這是你已經用聖潔的心地接受了的。往修道院一躲是太自私了，終身做老姑娘又不應該。先是你怎麼能獨自管理偌大的家業？也許你會把它丟了。一樁又一樁的官司會弄得你焦頭爛額，無法解決。聽你牧師[3]的話吧：你需要一個丈夫，你應當把上帝賜給你的加以保存。這些話，是我把你當作親愛的信徒而說的。你那麼真誠的愛上帝，絕不能不在俗世上求永生；你是世界上最美的裝飾之一，給了人家多少聖潔的榜樣。」

這時僕人通報臺．格拉桑太太來到。她是氣憤至極，存了報復的心思來的。

「小姐……——啊！神甫在這裡……我不說了，我是來商量俗事的，看來你們在談

3 此處所謂牧師，係指負責指導靈修的神甫，非新教教士之牧師。

重要的事情。」

「太太，」神甫說，「我讓你。」

「噢！神甫，」歐也妮說，「過一會再來吧，今天我正需要你的支持。」

「不錯，可憐的孩子。」臺·格拉桑太太插嘴。

「什麼意思？」葛朗臺小姐和神甫一齊問。

「難道你堂弟回來了，要娶特·奧勃里翁小姐，我還不知道嗎？……一個女人不會這麼糊塗的。」

歐也妮臉上一紅，不出一聲，但她決意從此要像父親一般裝作若無其事。

「嗳，太太，」她帶著嘲弄的意味，「我倒真是糊塗呢，不懂你的意思。你說吧，不用回避神甫，你知道他是我的牧師。」

「好吧，小姐，這是臺·格拉桑給我的信，你念吧。」

歐也妮接過信來念道：

賢妻如面：查理·葛朗臺從印度回來，到巴黎已有一月……

——一個月！歐也妮心裡想，把手垂了下來。停了一會又往下念：

……我白跑了兩次，方始見到這位未來的特・奧勃里翁伯爵。雖然整個巴黎都在談論他的婚事，教會也公布了婚事徵詢……

——那麼他寫信給我的時候已經……歐也妮沒有往下再想，也沒有像巴黎女子般叫一聲「這無賴！」可是雖然面上毫無表現，她心中的輕蔑並沒減少一點。

……這頭親事還渺茫得很呢：特・奧勃里翁侯爵絕不肯把女兒嫁給一個破產的人的兒子。我特意去告訴查理，我和他的伯父如何費心料理他父親的事，用了如何巧妙的手段才把債權人按捺到今天。這傲慢的小子膽敢回我——為了他的利益與名譽，日夜不息幫忙了五年的我，說「他父親的事不是他的事！」為這件案子，一個訴訟代理人真可以問他要三萬到四萬法郎的酬金，合到債務的百分之一。可是，且慢，他的的確確還欠債權人一百二十萬法郎，我非把他的父親宣告破產不可。當初我接手這件事，完全憑了葛朗臺那老鱷魚一句話，並且我早已代表他的家屬對債權人承諾下來。儘管特·奧勃里翁伯爵不在乎他的名譽，我卻很看重我自己的名譽。所以我要把我的地位向債權人說明。可是我素來敬重歐也妮小姐——你記得，當初我們境況較好的時候，曾經對她有過提親的意思——所以在我採取行動之前，你必須去跟她談一談……

念到這裡，歐也妮立刻停下，冷冷的把信還給了臺·格拉桑太太，說：

「謝謝你，慢慢再說吧……」

「哎喲，此刻你的聲音和你從前老太爺的一模一樣。」

「太太，你有八千法郎金子要付給我們哪。」拿儂對她說。

「不錯，勞駕你跟我去一趟吧，高諾阿萊太太。」

歐也妮心裡已經拿定主意，所以態度很大方很鎮靜的說：

「請問神甫，結婚以後保持童身，算不算罪過？」

「這是一個宗教裡的道德問題，我不能回答。要是你想知道那有名的桑凱士[4]在《神學要略》的〈婚姻篇〉內怎樣說，明天我可以告訴你。」

神甫走了。葛朗臺小姐上樓到父親的密室內待了一天，吃飯的時候，拿儂再三催促也不肯下來。直到晚上客人照例登門的時候，她才出現。葛朗臺家從沒有這一晚那樣的賓客滿堂。查理的回來，和其蠢無比的忘恩負義的消息，早已傳遍全城。但來客儘管聚精會神的觀察，也無法滿足他們的好奇心。早有準備的歐也妮，鎮靜的臉上一點都不露出在胸中激蕩的慘痛的情緒。人家用哀怨的眼神和感傷的言語對她表示關切，她居然能報以笑容。她終於以謙恭有禮的態度，掩飾了她的苦難。

九點左右，牌局完了，打牌的人離開桌子，一邊算帳一邊討論最後的幾局惠斯特，走來加入談天的圈子。正當大家起身預備告辭的時候，忽然展開了富有戲劇性的一幕，震動了索漠，震動了一州，震動了周圍四個州府。

「所長，你慢一步走。」歐也妮看見特·篷風先生拿起手杖的時候，這麼說。

聽到這句話，個個人都為之一怔。所長臉色發白，不由得坐了下來。

「千萬家私是所長的了。」特·格里鮑果小姐說。

「還不明白嗎，」特·奧松華太太接著嚷道，「特·篷風所長娶定了葛朗臺小姐。」

「這才是最妙的一局哩。」老神甫說。

---

4 十六世紀西班牙神學家。

「和了滿貫哪。」公證人說。

每個人都有他的妙語、雙關語，把歐也妮看作高踞在千萬家私之上，好似高踞在寶座上一樣。醞釀了八年的大事到了結束的階段。當了整個索漠城的面，叫所長留下，不就等於宣布她決定嫁給他了嗎？禮節體統在小城市中是極嚴格的，像這一類出乎常軌的舉動，當然成為最莊嚴的諾言了。

客人散盡之後，歐也妮聲音激動的說道：

「所長，我知道你喜歡我的是什麼。你得起誓，在我活著的時候，讓我自由，永遠不向我提起婚姻給你的權利，那麼我可以答應嫁給你。噢！我的話還沒有完呢，」她看見所長跪了下去，便趕緊補充，「我不會對你不忠實，先生。可是我心裡有一股熄滅不了的感情。我能夠給丈夫的只有友誼：我既不願使他難受，也不願違背我心裡的信念。可是你得幫我一次大忙，才能得到我的婚約和產業。」

「赴湯蹈火都可以。」所長回答。

「這裡是一百五十萬法郎，」她從懷中掏出一張法蘭西銀行一百五十股的股票，「請你上巴黎，不是明天，不是今夜，而是當場立刻。你到臺·格拉桑先生那裡，去找出我叔叔的全部債權人名單，把他們召集起來，把叔叔所欠的本金，以及到付款日為止的全部息金，照五厘計算，一律付清，要他們立一張總收據，經公證人簽字證明，一切照應有的手續辦理。你是法官，這件事我只信託你一個人。你是一個正直的、有義氣的男子：我將來就憑你一句話，靠你夫家的姓，挨過人生的危難。我們將來相忍相讓。認識了這麼多年，我們差不多是一家人了，想你一定不會使我痛苦的。」

所長撲倒在有錢的繼承人腳下，又快活又悽愴的渾身顫抖。

「我一定做你的奴隸！」他說。

「你拿到了收據，先生，」她冷冷的望了他一眼，「你把它和所有的借券一齊送給我的堂弟，另外把這封信交給他。等你回來，我履行我的諾言。」

所長很明白他之所以得到葛朗臺小姐，完全是由於愛情的怨望，所以他急急要把她的事趕快辦了，免得兩個情人有講和的機會。

特·篷風先生走了，歐也妮倒在沙發裡哭作一團。一切都完了。所長雇了驛車，次日晚上到了巴黎。第二日清晨他去見臺·格拉桑。法官邀請債權人到存放債券的公證人事務所會齊，他們居然一個也沒有缺席。雖然全是債主，可是說句公道話，這一次他們都準時而到。然後特·篷風所長以葛朗臺小姐的名義，把本利一併付給了他們。照付利息這一點，在巴黎商界中轟動一時。

所長拿到了收據，又依照歐也妮的吩咐，送了五萬法郎給臺·格拉桑做報酬，然後上特·奧勃里翁爵府。他進門的時候，查理正碰了丈人的釘子回到自己屋裡。老爵爺告訴他，一定要等琪奧默·葛朗臺的債務清償之後，才能把女兒嫁給他。

所長先把下面的一封信交給查理：

堂弟大鑒：叔叔所欠的債務，業已全部清償，特由特·篷風所長送上收據一紙。另附收據一紙，證明我上述代墊的款項已由吾弟歸還。外面有破產的傳說，我想一個破產的人的兒子未必能娶特·奧勃里翁小姐。您批評我的頭腦與態度之言，確有見地：我的確毫無上流社會的氣息，那些計算與風氣習慣，我都不知，您所期待的樂趣，我無法貢獻。您為了服從社會的慣例，犧牲了我們的初戀，但願您在社會的慣例之下快樂。我只能把您父親的名譽獻給您，來成全您的幸福。別了！愚姊永遠是您忠實的朋友。

歐也妮

這位野心家拿到正式的文件，不由自主的叫了一聲，使所長看了微笑。

「咱們現在不妨交換喜訊啦。」他對查理說。

「啊！你要娶歐也妮？好吧，我很高興，她是一個好人，」他忽然心中一亮，接著說，「哎，那麼她很有錢嘍？」

「四天以前，」所長帶著挖苦的口吻回答，「她有將近一千九百萬，可是今天她只有一千七了。」

查理望著所長，發呆了。

「一千七百……萬……」

「對，一千七百萬，先生。結婚之後，我和葛朗臺小姐總共有七十五萬法郎收入。」

「親愛的姊夫，」查理的態度又鎮靜了些，「咱們好彼此提攜提攜啦。」

「可以！」所長回答，「這裡還有一口小箱子，非當面交給你不可。」他把梳妝匣放在了桌上。

「喂，好朋友，」特．奧勃里翁侯爵夫人進來的當兒，根本沒有注意到克羅旭，「剛才特．奧勃里翁先生說的話，你一點不用放在心上，他是給特．旭禮歐公爵夫人迷昏了。我再告訴你一遍，你的婚事絕無問題……」

「絕無問題，」查理應聲回答，「我父親欠的三百萬，昨天都還清了。」

「付了現款嗎？」

「不折不扣，連本帶利：我還得替先父辦復權手續呢。」

「你太傻了！」他的丈母叫道，「這位是誰？」她看到了克羅旭，咬著女婿的耳朵問。

「我的經紀人。」他低聲回答。

侯爵夫人對特·篷風先生傲慢的點了點頭，走了出去。

「咱們已經在彼此提攜啦，」所長拿起帽子說，「再見吧，小舅子。」

「他竟開我玩笑，這索漠的臭八哥。恨不得一劍戳破他的肚子才好。」

所長走了。三天以後，特·篷風先生回到了索漠，公布了他與歐也妮的婚事。過了六個月，他升了昂熱法院的推事。

離開索漠之前，歐也妮把多少年來心愛的金飾熔掉了，加上堂弟償還的八千法郎，鑄了一口黃金的聖體匣，獻給本市的教堂，在那裡，她為他曾經向上帝禱告過多少年！

平時她在昂熱與索漠兩地來來往往。她的丈夫在某次政治運動上出了力，升了高等法院庭長，過了幾年又升了院長。他很焦心的等著大選，好進國會。他的念頭已經轉到貴族院了，那時……

「那時，王上跟他是不是稱兄道弟了？」拿儂、長腳拿儂、高諾阿萊太太、索漠的布爾喬亞，聽見女主人提到將來顯赫的聲勢時，不禁說出這麼一句。

結局

雖然如此，特·篷風院長（他終於把產業的名字代替了老家克羅旭的姓）野心勃勃的夢想，一樁也沒有實現。發表為索漠議員八天以後，他就死了。洞燭幽微而罰不及無辜的上帝，一定是譴責他的心計與玩弄法律的手段。他由克羅旭做參謀，在結婚契約上訂明「倘將來並無子女，則夫婦雙方之財產，包括動產不動產，絕無例外與保留，一律全部互相遺贈，且夫婦任何一方身故之後，得不再依照例行手續舉辦遺產登記，但自以不損害繼承人權利為原則，須知上述夫婦互相遺贈財產之舉確為……」這一項條款，便是院長始終尊重特·篷風太太的意志與獨居的理由。婦女提起院長，總認為他是最體貼的人，而對他表示同情，她們往往譴責歐也妮的隱痛與癡情，而且在譴責一個女人的時候，她們照例是很刻毒的。

「特·篷風太太一定是病得很厲害，否則絕不會讓丈夫獨居的。可憐的太太！她就會好嗎？究竟是什麼病呀，胃炎嗎？癌症嗎？為什麼不去看醫生呢？這些時候她臉色都黃了，她應該上巴黎去請教那些名醫。她怎麼不想生一個孩子呢？據說她非常愛丈夫，那麼以他的地位，怎麼不給他留一個後代承繼遺產呢？真是可怕。倘使單單為了任性，那簡直是罪過……可憐的院長！」

歐也妮因為幽居獨處、長期默想的結果，變得感覺靈敏，對周圍的事故看得很清，加上不幸的遭遇與最後的教訓，她對什麼都猜得透。她知道院長希望她早死，好獨占這筆巨大的家私——因為上帝忽發奇想，把兩位老叔——公證人和教士——都召歸了天國，使他的財產愈加龐大了。

歐也妮只覺得院長可憐，不料全知全能的上帝，代她把丈夫居心叵測的計畫完全推翻了：他尊重歐也妮無望的癡情，表示滿不在乎，其實他覺得不與妻子同居倒是最可靠的保障；要是生了一個孩子，院長的自私的希望、野心勃勃的快意，不是都歸泡影了嗎？

如今上帝把大堆的黃金丟給被黃金束縛的女子，而她根本不把黃金放在心上，只在嚮往天國，過著虔誠慈愛的生活，只有一些聖潔的思想，不斷的暗中援助受難的人。特．篷風太太三十三歲上做了寡婦，富有八十萬法郎的收入，依舊很美，可是像個將近四十的女人的美。白白的臉，安閒，鎮靜。聲音柔和而沉著，舉止單純。她有痛苦的崇高偉大，有靈魂並沒被塵世沾汙過的人的聖潔，但也有老處女的僵硬的神氣，和外省閉塞生活養成的器局狹小的習慣。雖然富有八十萬法郎的歲收，她依舊過著當年歐也妮·葛朗臺的生活，非到了父親從前允許堂屋裡生火的日子，她的臥房絕不生火，熄火的日子也依照她年輕時代的老規矩。她的衣著永遠跟當年的母親一樣。索漠的屋子，沒有陽光，沒有暖氣，老是陰森森的，淒涼的屋子，便是她一生的縮影。

她把所有的收入謹謹慎慎的積聚起來，要不是她慷慨解囊的撥充善舉，也許還顯得吝嗇呢。可是她辦了不少公益與虔誠的事業，一所養老院、幾處教會小學、一所庋藏豐富的圖書館，等於每年向人家責備她吝嗇的話提出反證。索漠的幾座教堂，靠她的捐助，多添了一些裝修。

特·篷風太太，有些人刻薄的叫做小姐，很受一班人敬重。由此可見，這顆只知有溫情而不知有其他的高尚的心，還是逃不了人間利益的算盤。金錢不免把它冷冰冰的光彩，沾染了這個超脫一切的生命，使這個感情豐富的女子也不敢相信感情了。

「只有你愛我。」她對拿儂說。

這女子的手撫慰了多少家庭的隱痛。她挾著一連串善行義舉向天國前進。心靈的偉大，抵消了她教育的鄙陋和早年的習慣。這便是歐也妮的故事，她在世等於出家，天生的賢妻良母，卻既無丈夫，又無兒女，又無家庭。

幾天以來，大家又提到她再嫁的問題。索漠人在注意她跟特・法勞豐侯爵的事，因為這一家正開始包圍這個有錢的寡婦，像當年克羅旭他們一樣。

據說拿儂與高諾阿萊兩人都站在侯爵方面，這真是荒唐的謠言。長腳拿儂和高諾阿萊的聰明，都還不夠懂得世道人心的敗壞。

巴黎　一八三三年九月原作

牯嶺　一九四八年八月譯竣

歐也妮．葛朗臺 / 巴爾札克著；傅雷譯 . -- 初版 . -- 臺北市：時報文化出版企業股份有限公司 , 2021.10
272 面；21 x 14.8 公分 . --（愛經典；55）
譯自：Eugénie Grandet
ISBN 978-957-13-9460-2（精裝）

876.57　　110015451

作家榜经典文库®

ISBN 978-957-13-9460-2
Printed in Taiwan

愛經典0055
歐也妮．葛朗臺

作者—巴爾札克｜譯者—傅雷｜編輯總監—蘇清霖｜編輯—邱淑鈴｜美術設計—FE 設計｜校對—邱淑鈴｜董事長—趙政岷｜出版者—時報文化出版企業股份有限公司　108019 台北市和平西路三段二四〇號四樓　發行專線—（〇二）二三〇六—六八四二　讀者服務專線—〇八〇〇—二三一—七〇五、（〇二）二三〇四—七一〇三　讀者服務傳真—（〇二）二三〇四—六八五八　郵撥—一九三四四七二四時報文化出版公司　信箱—10899 台北華江橋郵局第 99 信箱　時報悅讀網—http://www.readingtimes.com.tw｜電子郵件信箱—new@readingtimes.com.tw｜法律顧問—理律法律事務所　陳長文律師、李念祖律師｜印刷—紘億印刷有限公司｜初版一刷—二〇二一年十月一日｜定價—新台幣四〇〇元｜（缺頁或破損的書，請寄回更換）